LOVE

西　方　情　爱　管　窥

爱吧

张泽乾　编译

WUHAN UNIVERSITY PRESS
武汉大学出版社

图书在版编目(CIP)数据

爱吧/张泽乾编译. —武汉:武汉大学出版社,2018.6
ISBN 978-7-307-20099-9

Ⅰ.爱…　Ⅱ.张…　Ⅲ.故事—作品集—世界　Ⅳ.I14

中国版本图书馆 CIP 数据核字(2018)第 063437 号

责任编辑:郭志安　　责任校对:汪欣怡　　版式设计:韩闻锦

出版发行:**武汉大学出版社**　(430072　武昌　珞珈山)
(电子邮件:cbs22@ whu.edu.cn 网址:www.wdp.com.cn)
印刷:武汉精一佳印刷有限公司
开本:880×1230　1/32　印张:9　字数:164 千字　插页:2
版次:2018 年 6 月第 1 版　2018 年 6 月第 1 次印刷
ISBN 978-7-307-20099-9　定价:39.00 元

大爱箴言

漫漫人生路，浓浓不了情。

洒向人间都是爱，百味人生苦亦甜。

长相守，长相依，长相知，长相随。

莫道白发苍苍，步履蹒跚，依然执手相望，恩爱有加。

手紧握在一起，心就连在一起。

只有来自心田，才能拨动心弦。

无论你在哪里，我都如影相随。

尘世浮华，岁月如歌，爱的光泽滋养着流年，温馨了时光。

耳鬓厮磨的知心话语，深藏在隐秘的内心世界。

爱是把个人的幸福熔铸在他人的幸福里。

独一无二的真爱，才是毫无遗憾的大爱。

爱是架设在此刻、过往和未来之间的桥梁。

善于欣赏、懂得爱慕的人，才能觅得知己，享受真情。

爱是展现报答与感恩的最佳表达方式。

世间唯有挚爱能使我们摆脱苦痛的折磨和重压的桎梏。

施爱于人和受爱于人，皆能用爱治疗伤痛。

真诚无私的爱可以排除障碍，化解困扰。

经历过狂风骤雨，才能勇敢地直面爱情和人生。

婚姻生活中，最美好的岁月乃是坦诚相对的朝朝暮暮。

无止境的索取和无原则的给予不是真爱，充其量只是某种交易。

人们从来接受不到无尽的爱，一如人们从来不能给予足够的爱。

当你去寻觅他人身上美好的一切时，别人会发现你身上拥有的珍贵的一切。

凡有大爱的地方，不现实皆可化作现实，不可能亦会变为可能。

无数细小的东西汇聚而成的巨大物体，最令人赏心悦目。

有朝一日春风化雨，滋润万物，我们的祝愿就会在人间开花结果。

在爱的世界，日会变成月，月会变成年。哪怕最微不足道的缺失，也能在瞬间变为永恒。

使生命化为永恒的唯一方法是施爱于人。唯有如此，你才能为世人留下一份礼物，一段记忆。

爱情不是你身旁一块一成不变的石头，而是你手中需要反复揉捏的面团。

只有经历过磨难，我们的心灵才会复苏。即使这颗心冷若冰霜、硬如磐石，爱也会把它焐热，使它化为荠粉。

倘若能使一颗破碎的心恢复生机，归于平静，人就不会虚度此生。

我们都是长着一只翅膀的天使，只有使两只翅膀合为一体，才能展翅翱翔。

从每个人身上射出的光芒源于自己的心田。当两颗心注定要结合在一起时，他们射出的光束就会合而为一，变得更加绚丽夺目。

就婚姻而论，你扮演的不是丈夫或妻子的角色，你们只是融为一体的爱的化身。

当我尝试呼唤你时，你已在内心深处回应了我。当我渐渐走近你时，你正欵欵向我走来。

无论何人，若是没有经历过情侣或夫妻之间的欢乐时光，或是没有享受过真正的天伦之乐，那他就是错失了生活本应给予他的最好的东西。

真正的幸福不是去享受富人惬意的生活，或是聆听他人刻意的恭维，而是去品尝做善事时的心满意足。

当我们真正领悟到此生自己拥有的欢乐时光多么短暂时——须知，在死神降临时我们将会失去一切——我们就会充实地度过每时每刻每一天，或许这正是我们拥有的真正的人间财富。

目　录

一

爱的力量从不顾及理性、常规和荣誉，却能使恐惧、震惊与痛苦化为甜蜜。

——[英]莎士比亚

二

爱是生命的火焰，没有它，四周一片黑暗。

——[法]罗曼·罗兰

三

爱是最神奇的一种力量，它强大得足以瞬间改变一切，能提供任何物质财富无法给予你的更多欢乐。

——[法]德·安然利斯

四

去爱你绝对熟悉的人或事是不可思议的，爱总是被引向那些隐藏着秘密的地方。

——[法]瓦莱里

五

就我而言，生命的意义在于设身处地为他人着想，爱他人所爱，忧他人所忧。

——[美]爱因斯坦

一

爱的力量从不顾及理性、常规和荣誉，却能使恐惧、震惊与痛苦化为甜蜜。

——[英]莎士比亚

01

人间最暖情

世间，无数恋人信誓旦旦相爱一生，患难与共。不过，人们很少见过，有谁能像伊茜多尔·施特劳斯夫人那样，表现得无所畏惧，在灭顶之灾骤然降临时，能大义凛然地把生的希望让给他人，把死的厄运留给自己。

故事发生在1912年，距今已有一个世纪。伊茜多尔和她的丈夫，搭乘新下水的豪华邮轮泰坦尼克号，踏上了命中注定的不归路。邮轮不幸沉没后，绝大多数妇女安然脱险。然而，施特劳斯夫人却是极少蒙难的女乘客之一。原因很简单：她不能在生死关头丢下自己心爱的丈夫。

下面就是玛贝尔·彼尔朵，施特劳斯夫人的贴身女侍，在幸免于难安全获救后，心有余悸地为众人所讲述的故事。

当泰坦尼克号撞上冰山开始下沉时，饱受惊吓的妇女和儿童最先被送上了船上的救生艇。施特劳斯先生和夫人将自身安危置之度外，镇定自若地安抚其他乘客，尽力维持船上秩序，一刻不停地帮助老人和孩子穿好救生衣，搀扶他们登上小艇。

“没有他们俩的帮助，我万万活不到今天。”玛贝尔哽咽着说，“我大概登上了第四艘或第五艘救生艇。伊茜多尔不但亲自安排我登上小船，还把她身上厚厚的羊毛披肩搭在了我的肩头。”

随后，施特劳斯先生恳请自己的太太跟随贴身女侍登上小艇。伊茜多尔并不情愿地迈开了腿。不过，就在她一只脚刚要踏上救生艇时，她突然间改变了主意，旋即反转身来，返回了正在缓缓下沉的邮轮。

施特劳斯先生再一次恳求道：

“求求你，快上小艇吧！大家在等着你！”

伊茜多尔用温柔的眼神凝视着身边的亲人，她和他一起无比幸福地度过了大半生时光。他是她心爱的丈夫、亲密的朋友，唯一曾给她带来满足和慰藉的好男人。她毅然决然地抓起他的胳膊，把他战栗不已的身躯拉向自己温暖的怀抱。

“不！”伊茜多尔斩钉截铁地回答。“我不会登上救生艇。多少年来，我们一直相爱相守，不离不弃。现在我们虽然年迈，但依然厮守在一起。我不会抛下你。无论你在哪里，我都会如影相随。”

留在人们视野和心头的最后影像是：两个白发苍苍的老

人，手挽着手，肩并着肩，视死如归地屹立在船头。一位忠诚虔敬的妇人甜蜜地依偎在丈夫身旁，一个充满深情爱意的男子，用坚强的臂膀护持着爱人孱弱的身躯。他们灿烂的微笑刹那间化作了永恒……

02

乐此不疲的游戏

珍妮的爷爷、奶奶结婚五十年了。从他们一见钟情的那天开始，两个人就对一种游戏乐此不疲，并且将其贯穿一生。这个游戏的唯一要求，就是在对方难以寻觅的某处地方，悄悄地写下三个字“我爱你”。他们挖空心思，竭尽全力，在室内外的隐秘角落，不动声色地留下这神奇而甜蜜的一行字的痕迹。秘密一旦被另一个人发现，对方就要受罚，去寻找另一个更难找到的地方，继续写下“我爱你”。如此循环，永不中止。

时光流逝，岁月荏苒。“我爱你”出现在任何时刻，任何地方，没有哪里能够幸免。他们用指甲尖在糖果罐或点心盒上刻，用水彩笔在面粉袋上写，希望对方在拿糖果或点心，或者用勺子去舀面粉时，能够意外地发现它们，带给爱人一个惊喜。冬日室外寒风凛冽，室内窗户玻璃上布满水汽，他们用小刷子在上面精心描绘。夏日户外凉风习习，他们用树枝沾着清凉的井水，在石板路上尽情书写。有一次，奶奶异想天开，在卫生卷纸的最后一张上，用口红端正地写下了这光彩夺目的三个字。另一次，爷爷别出心裁，在玫瑰花的花瓣上，用针尖扎出了异常细密的三个字。不仅如此，在挂在墙壁上的相框边，在汽车驾驶室的方向盘上，在壁炉的护板旁，在炉灶的灰烬里，在厚厚的书页间，在抽屉的疙瘩处，甚至在门背后、信箱前，在鞋子里、枕头下，这些神秘的字眼都会吸引人们的眼球。它们无孔不入，永不消逝。实际上，它们已经成了老人住所的一部分，并与他们自身融为一体。

对于珍妮来说，她需要很长时间，才能真正理解这种游戏的丰富含义。这是因为长期以来，对于所谓真心实意，旷日持久的爱情，她一直持怀疑态度。不过，对于爷爷、奶奶的真心相爱，她从来没有丝毫怀疑。在她眼里，这再也普通不过的三个字是那样贞洁、那样神圣，它们不仅是他们表明心迹的可爱方式，而且是他们相濡以沫的生活方式。他们维系着一种近乎虔敬的亲切关系。古往今来，又有多少人能真正做到这一点？

在日常生活中，珍妮经常看到老两口不是手挽手一道外出散步，就是在沙发上依偎在一起看电视。在分手或再见面时，他们都会情不自禁地为对方献上亲吻。在休息时光，他们不是共同绞尽脑汁做填字游戏，就是全神贯注地一起玩扑克，下跳棋。自然在盛大节日或彼此生日到来时，他们更会忘情相拥，随着音乐翩翩起舞。从他们凝视对方的眼神里，彼此读到的仍然是“我爱你”三个字。它们已经深深地镌刻在老人心间。这是一个令人称羡的家庭，一对令人起敬的配偶。

然而，天有不测风云。52 岁时，老妇人第一次被发现患上了乳腺癌，并且接受了精心治疗。自那时起，老爷子始终亦步亦趋，从未离开过她片刻。为了安慰妻子，他给卧室的墙壁涂上一层金黄的颜色，好使她时时刻刻都能感受到太阳的温暖。十年后，她被检测出癌症复发，同时癌细胞已开始扩散。虽然步履艰难，开始时她还能拄着拐杖，在丈夫陪同下每天早晨前往教堂。后来，由于身体极度衰弱，她再也不能走出家门。尽管如此，老爷爷依然坚持每天独自去教堂为爱妻祈祷。

人们最担惊受怕的一天终于到来了，老奶奶不幸撒手人寰。在珍妮祖母的葬礼上，人们可以看到爷爷呈献的玫瑰花圈的黄色缎带上，用醒目的白字写着令人刻骨铭心、难以释怀的三个字“我爱你”。举行告别仪式时，珍妮和全家人依次缓缓走过灵柩，向老人作最后告别。这时，珍妮看到爷爷老泪纵横，正在为奶奶轻声吟唱着摇篮曲。所有人都被眼前场景震撼了。珍妮和全家人一起，永远忘不了这一时刻。她深知，即使自己体察不到他们挚爱的深度，但是，作为这种瑰丽真爱的祝福者和见证人，她不免由衷地感到欣慰。

03

亡父与生母

在西方，每当圣诞节降临时，家家户户都沉浸在其乐融融的节日氛围里。从香气扑鼻的烤火鸡，到刚烘焙出炉的诱人面点，传递给人们的全是浓郁的亲情和爱意。房间和厅室装饰一新，圣诞树上挂满寓意欢乐吉祥的饰物。人人都在等候一个庄严而神圣的时刻：全家人欢聚一堂，围坐在爸爸、妈妈身旁，圣诞大餐就要开席了！

然而这一年，对于萨娜一家来说，情况有些异乎寻常：一家之主的父亲在11月不幸病故，全家将会怎样度过这个没有爸爸的圣诞呢？妈妈竭力掩饰起悲伤，强打精神张罗着节日的各项准备。尽管如此，大家都能感受到她做到这一点是多么不易。萨娜眉头紧锁，无数次地扪心自问，是否要把为妈妈精心准备的圣诞礼物拿出来。她是这个原本幸福之家的幺姑娘，更是父母的掌上明珠。如今爸爸已经离开人世，她不知道呈上这份礼物是否合乎时宜。萨娜早就盘算过，要在这个圣诞节到来之前，为爸爸、妈妈每人绘制一幅肖像。她从未学习过绘画，完全没有接触过油彩和画笔。幸好她的制图功力一流，凭着一份爱心，一腔热情，经过一位高人指点后，她毅然挂起画布，全身心地投入了创作。功夫不负有心人，画像的成功超出了她的想象。尽管绘制技巧略显粗糙、青涩，但人物形象毕竟惟妙惟肖，栩栩如生，两位老人坚毅、炽热的内心，一览无遗地展现在他们那饱经风霜的面庞上。

一天，当她正在潜心作画时，门铃突然响了起来。慌忙收拾好绘画材料后，萨娜跑过去开门，使她无比惊讶的是，来人竟是她父亲。不过，这次他只是独自一人，而以前每次探访都少不了妈妈的陪同。他看了看女儿，笑着说："实在是想你了。你知道，过去习惯了早晨和你聊天。在你离开我跟另一个男人生活以前，我们一直都是这个样子。对吧?"老人说的没错，那时她刚刚结婚，父女彼此毕竟忘不了往昔的情景。

萨娜急切地想把画好的肖像拿给他看，但刻意隐瞒了要在圣诞节带给他们莫大惊喜的想法。无论如何，此时此刻她情愿和至亲一道分享这种喜悦。在说服他应允暂时对妈妈保守秘密后，她要他闭上双眼，好让自己有时间把画幅摆上画架。一切就绪后，她高声说道："好了，爸爸，现在可以睁眼啦!"

他显得有些局促，呆在那里缄默不语。随后，他慢慢站了起来，走近画布以便更好地端详。接着，他又后退几步，从远处仔细观看。女儿尽力克制着内心的激动，不声不响地注视着老人的一举一动。突然，萨娜发现一滴眼泪在他的面颊上流淌，只听见他在那里喃喃自语：“我真的没法保持平静。你妈妈的眼睛实在传神，她像是一直在看着我们哩！啊，你妈妈真太漂亮了！你说，能让我为这两幅肖像装上画框吗？”

萨娜对他的反应喜出望外，连忙答允他第二天就去办这件事。

几个星期过去了。后来，在11月间的一个晚上，电话铃声响个不停，让萨娜不寒而栗。她拿起话筒，打来电话的是她丈夫，他的职业是医生。她恍恍惚惚地听他说道：“我正在急诊室。你爸爸出了意外，是突发脑溢血。情况相当严重，不过他还活着。”

一连好几天，爸爸都在昏迷之中。在他去世前一天，萨娜赶过去看望他。她让父亲握着自己的手，悄声问道：“你还认识我吗，爸爸？”她万万没有料到老人在弥留之际，居然认出了自己：“你是我的……好女儿。”第二天，他撒手人寰。萨娜仿佛觉得天塌了，一切欢乐和喜悦都从她和她妈妈的生活中消失得无影无踪。

她终于记起要给画像装潢店打个电话。感谢上帝在她父亲辞世之前，能安排他看到与自己息息相关的两幅肖像。出乎意料，店主人竟然告诉萨娜，说她爸爸生前曾找过他。老人家不但结了账，而且要求他用精美的包装纸包好两件作品。女儿当时沉浸在悲痛之中，自然也就打消了把它们作为礼物送给妈妈的念头。这一年的圣诞节，萨娜一家失去了主心骨。但是，全体成员仍然聚集在一起，人人都想装作若无其事。面对着妈妈难以消失的愁云，女儿决定兑现和爸爸商议过的承诺，亲手把两幅肖像庄重地交给妈妈。当她小心翼翼地拆开包装纸时，女儿觉得她仿佛有些失神和无奈。就在这时，贴在肖像画上的一张小留言卡，不经意地出现在了她的眼前。

在凝神看过两幅画像和读完小卡片后，妈妈的神情一下子起了变化。她从安乐椅中站了起来，先把留言卡交给萨娜，然后让她两位兄长捧起画像，嘱咐他们把它们并排地在壁炉上方挂好。接着，她向后退了几步，仔细端详起画像来。一阵长久的沉默过后，她终于向大家转过身来，双眼噙满了泪花。她情不自禁地说："我早就知道，爸爸是会和我们一起过圣诞节的。"

萨娜瞥了一眼那张写给妈妈的小卡片，爸爸熟悉的字迹顿时跃入了她的眼帘："拥有你，我是多么的幸福。这是女儿送给我们的珍贵礼物。从今往后，你再也不会从我的视线中消失。"

04

黑暗里的光明

一位神态优雅、光彩照人的少妇拄着白色拐杖，小心翼翼地登上公交车的台阶。车上的乘客注视着她的一举一动，无一例外地向她投去赞赏的目光。少妇出示过月票，摸索着走过车内通道，朝着司机为她预留的空座位走了过去。安坐下来以后，她把拐杖在腿边放好，同时把备课夹轻轻地放在膝头。

一年前，年届30的莫尼克不幸失明了。一次医疗事故造成她意外失去视力，使她顿时坠入无边的黑暗之中。从此，她便为恐惧和挫折所包围，终日生活在失去希望与被人怜悯的悲惨世界里。然而，在遭此飞来横祸之前，莫尼克却是一个有着强烈独立性格的女子。现在她是那样的无能为力，日后必不可免地会成为身边人的莫大负担。

“这种灾难怎么会降临在我的头上？”她愤愤不平地责问。

显然，哭泣和愤慨全都无济于事。她毕竟明白，最可怕的现实已经摆在面前，她再也不可能看到周围的一切了。

昔日心里充满阳光的莫尼克，一时间跌入了心灰意冷的深渊，每天的生活都是失意和衰竭的记录。现在，她剩下的唯一可以依靠的人，就是丈夫哈维尔了。这个高大、英俊的中年男子是位优秀警官，他一直深爱着莫尼克。看到亲人忧心忡忡，惶惶不可终日，哈维尔决心伸出援手，帮助她找回力量和自信，让她重新变成自强不息的人。有着丰富职场经验的哈维尔，自然知道怎样使爱人面对微妙的情况和棘手的局面，同时他更清楚，未来自己将要迎接的是前所未有的挑战。

莫尼克下定决心重回工作岗位的时刻终于来临了。不过，她又该怎样去上班呢？以前，她有乘坐公交车的习惯。可是现在，她实在害怕独自摸索着去进城。尽管哈维尔的工作地点在城市的另一端，他还是提议每天亲自驾车送她去学校。刚开始时，这一安排使莫尼克感到振奋，看来也符合丈夫保护失明妻子的真诚愿望，因为她毕竟过于脆弱，一个人单独外出也太不安全了。

冷静下来以后，哈维尔很快明白，这个计划显然并不可行。首先这样做不仅耗时费力，而且花费巨大。他暗自思忖，看来得让莫尼克做好思想准备，改乘公交车上班，她实在需要这种锻炼了。然而，这个想法刚一露头，哈维尔不禁打起了退堂鼓。他该怎样对妻子开口，她的反应究竟会如何？要知道，这对她或许是当头一棒。她能否经受得起新的打击，会不会变得暴跳如雷？

果然不出哈维尔所料，莫尼克一听说要再乘公交车，气就不打一处来。

“我可是一个瞎子呀！”她用苦涩的口吻接着诉说，“我怎么知道如何去城里，怎样上、下车？我实在没有出息，太力不从心了。”

听到她这番心酸的表白，哈维尔心如刀绞。但他知道原有计划必须更改，一定要让莫尼克学会战胜自我。他一再向妻子保证，每天早晨带她乘公交车去上班，晚上再去把她接回来。“我就是你的眼睛。”哈维尔诚恳地对她说，“这段时间我会陪着你，需要多久都可以。等你完全适应，真正安心了，那时我才会放手。不过，我永远是你的一盏明灯。”

哈维尔说到做到，没有食言。头两个星期，他亦步亦趋地陪护着妻子。一路上，他们谈笑风生。丈夫不厌其烦地教她如何使用自身的功能，尤其是发挥嗅觉的作用。他告诉她通过不同的气味，人们可以准确地分辨自己所在的地方。利用不同的场合，他教会她如何习惯所处的环境，跟不同的人打交道。他帮助她与公交车司机及乘客们建立起必要的联系，这些人会为她提供不时之需，提醒她注意身边的事情，关注周围的一切。即或在莫尼克有时不小心，在上、下车时踏空一级台阶，或者摔掉手中的物品时，他也会逗她开心，让妻子情不自禁地发出微笑。

每天早上，他们手挽着手，肩并着肩，一起踏上同一段路程，直至抵达城东的学校。然后，哈维尔再搭乘出租车，前往城西的警局。尽管这种方式比起自驾车较为费钱，也更辛苦，但哈维尔完全明白，假以时日，莫尼克终会独自乘公交车前去上课。他对她充满信心，深知她不会自暴自弃，就像以前那个没有丧失视力的莫尼克，她从来就没有被任何困难吓倒过。

没过多久，莫尼克既十分兴奋又略显不安地告诉哈维尔，她已经打定主意独自乘公交车进城。星期一早晨，莫尼克紧紧地依偎在哈维尔身旁，仰望着自己亲爱的丈夫，最好的朋友。她的眼眶里充盈着泪水，它们饱含着爱妻的无限感激。她感谢哈维尔的忠诚、宽容、耐心和无私的爱。在说完一声再见，轻轻吻别丈夫之后，莫尼克悄无声息地踱出大门。

星期一、星期二、星期三、星期四……每一天，莫尼克都安然无恙地往返来回。她可以畅行无阻了，她的自我感觉从来没有这样好过。

星期五早晨，当她一如既往地按时坐上公交车时，莫尼克听见司机说道："您真有福气，我真羡慕您。"莫尼克不能肯定司机是否在跟自己说话。谁会羡慕一个瞎子呢？要知道，在过去的一年里，她过的是怎样失魂落魄的生活，又付出了怎样的勇气和努力啊！

“我可真羡慕您，夫人。”这一次莫尼克听得真真切切。她惊讶不已地反问司机：“您为什么会羡慕我呢？”

司机认真地回答说：“一个人如果能得到这样的关爱和呵护，该是多大的幸福！”

莫尼克不明白司机感慨的缘由，请他把话说明白。

司机这时告诉她：“一星期以来，每天早上，有个魁梧、潇洒的男士总是站在对面的街角。他穿着一身帅气的警官服。他在您下车时一直注视着您。在确信您安全地穿过马路，又平安地走进校园以后，他送给您一个飞吻，又对您挥了挥手，然后才不声不响地离去。您可真有好福气！”

一行热泪再次夺眶而出。尽管莫尼克看不见哈维尔的身影，但她能感受到他的存在。司机说得不错，她真是世界上最有福气的女人。这是因为丈夫送给了她一件极不寻常的礼物，一件比视力还要珍贵的礼物。她无需亲眼看到，亲手触及，她的身心早已告诉了她一切：这件礼物之所以不同凡响，无比珍贵，是因为哪里有黑暗，它就会在哪里发光。莫尼克知道光明之神将永远伴随着她，为她指路护航，为她庇佑终生！

05

病房婚礼

没有人知道爱情之花何时萌发，又会在哪里生长。但是，有时它会在最令人意想不到的时间和地点生根发芽。这里要讲的是两个重症病人的故事。这则传奇的发生地点是一家重病康复医院，那里的大部分病人都丧失了独自活动的能力。

喜讯传来时，医护人员相拥而泣，医院院长更是不胜嘘唏，因为这件事在医院里是头一回，老院长更把它看成是一生中最难忘的美好时光之一。现在摆在他面前的难题，首先是怎样为新娘制作婚袍，幸好有位心灵手巧的护士自告奋勇承担起这项任务，使他如释重负。在张罗着其他与婚礼有关的各项事宜时，往昔的情景又一幕幕浮现在他的心头。

一天上午，马修斯出现在院长哈里的办公室门前。马修斯用手轻轻摇动着轮椅，他的身上系着呼吸器。

“哈里，我要结婚了。”他向院长宣布了这个意外的消息。

“你要结婚?”没有任何思想准备的哈里目瞪口呆，他该不是在跟自己开玩笑吧？“那好。跟谁呢?”他紧接着问了一句。

“跟朱娅娜。我们真诚地彼此相爱。”

他们的爱情之路的确是在这家医院开辟、铺设的。希望结合在一起的两个中年人，虽然身躯动弹不得，但两颗心却拴在了一起。马修斯和朱娅娜都是重病缠身，他们不能独自穿衣，无法独自进食，不能用脚下地行走，甚至时刻离不开呼吸器。马修斯患的是脊髓性肌萎缩，朱娅娜则是多发性硬化症。

当马修斯拿出订婚戒指时，他觉得这一时刻异常神圣，态度也非常严肃，脸上闪烁着喜悦和幸福的光芒。这是多少年来人们从未看到过的面容，在医护人员眼里，他完全变了个人，可以说是脱胎换骨。过去，他总是横眉冷对，怒气冲天，是那样难以伺候，难打交道，而今他却变得和颜悦色，笑容可掬。

其实，往昔他易于大动肝火，终日没有好脸色，并非没有缘由。25 年来，他一直住在一家医疗中心。在他 9 岁的小小年纪，妈妈就把马修斯送到那里，她每周去看望他一次，直到自己离开人世。从此，他变得性情乖戾、喜怒无常，动辄对医护人员骂骂咧咧。不过，至少马修斯对医院还有家的感觉，一些病人也被他当成朋友。

他和一个名叫贝蒂的老义工关系相当亲近，她已经 70 高龄，善于进行疏导，懂得如何打开马修斯的心扉。当然这是一项艰巨的使命。然而，她有母亲一样的胸怀，善良和耐心是她最有效的良药。那时他还不知道有个女孩子，像他一样也要靠轮椅代步。她的那个轮椅走起来吱吱呀呀响个不停，声音听起来就像唱歌。马修斯肯定那个姑娘对他也有好感，只可惜她在医疗中心没待多久，因为这个中心不久就关门了。马修斯生命中一半以上的时间是在那里度过的，他对它自然依恋不舍。后来他被转送到现在的重症康复医院，从此告别了原来的朋友，尤其是远离了老义工贝蒂。

马修斯又把自己重新禁锢起来，总是闭门不出，仿佛生活在一个黑暗的世界里。贝蒂一如既往地惦念着他，但是路途过于遥远，她本人的身体也是每况愈下，因此只能不定期地过来看望他。马修斯深陷沮丧，几乎不和任何人交往。

一天，当他躺在床上时，突然听见一阵熟悉的声音从走廊里传来，那是一把轮椅发出的吱吱呀呀的响声。坐这把老旧轮椅的人难道就是他在医疗中心认识的那个女孩子吗？

一点儿不错，正是朱娅娜！吱呀声在他卧室的门口戛然而止，她彬彬有礼地敲了敲门，询问对方是否愿意外出。马修斯惊诧不已，同时也喜出望外。从他重新见到朱娅娜的那一刻开始，他又重新燃起了好好活着的强烈愿望。

马修斯重新观看蓝天白云，开始参加医院组织的各项娱乐活动。他每天都会和朱娅娜交谈好几个小时。白天，阳光又投进了他的卧室，晚上房间里也亮起了灯光。终于有一天，马修斯鼓起勇气，向从24岁起就坐在轮椅上的朱娅娜求婚。

这个女孩子同样有着辛酸的过去。在刚读到小学三年级时她不得不辍学，因为她经常会昏厥、晕倒。她的母亲不明真相，责备她喜欢逃学，对她打骂是家常便饭。朱娅娜成天生活在恐惧之中，狠心的妈妈不再关心她。

饱受折磨、体弱多病的朱娅娜，在24岁那年，由于呼吸十分困难，不得不接受气管切开术。从此以后祸不单行，多灾多难的姑娘更是患上了多发性硬化症。30岁以后，她不得不住进医院，接受全天候护理，但她始终保持着良好的精神状态和旺盛的生命活力。

马修斯与朱娅娜同病相怜，他对心上人更是由敬生爱。当他向朱娅娜提出求婚时，姑娘显得有些犹豫不决。她担心如果这是开玩笑的话，自己会经受不起残酷的感情折磨。马修斯信誓旦旦地向她表示，自己会对她终生负责，他的爱矢志不渝。

情人节那天，朱娅娜披上了白色缎面的婚纱。婚袍上装饰着真正的珍珠，下摆裁剪得相当宽裕，足够罩住整个轮椅和她身上的呼吸器。医院院长哈里骄傲地牵着新娘的手，领着她来到前厅。朱娅娜喜极而泣，泪流满面。

马修斯上身穿着一件无可挑剔的白衬衫和十分合体的黑礼服，衬衫前面的蝴蝶结刚好挡住了气管被切过的痕迹。他的气色很好，脸上洋溢着幸福的表情。

医护人员站立在门口，病友们挤满了大厅，走廊里也拥塞着前来祝福的各界人士，四处可以听到人们的咽泣声和欢呼声。在医院的历史上，从来没有出现过两个病人，两个坐着轮椅的重病患者，在大庭广众面前喜结良缘、接受祝福的欢乐场面。

负责组织婚庆活动的志愿者把一切安排得井井有条。医护人员们纷纷捐资，买来大量红色、白色气球和喜庆鲜花，还在大厅入口处搭起了一座缀满绿叶的拱形门柱。组织者们特别购置了一个砌成三层的婚庆大蛋糕，并且聘请专业摄像师对婚礼活动全程摄像。新婚夫妇显然不能遵循传统程序，通过彼此拥抱昭示永结百年好合。但是，人们还是别出心裁，把两个新轮椅(这是社会福利组织捐赠的礼物)用白色缎带紧系在一起，它象征着这一浪漫时刻成为永恒。

仪式大功告成之后，婚庆公司的负责人泣不成声。她说：

“我们组织过上百场婚庆仪典，没有哪一次像这次这样神圣，这样动人。这对杰出的夫妻，堪称人世间爱的楷模。”

这天晚上，马修斯和朱娅娜在众人的簇拥下，第一次进入了属于他们的装饰一新的婚房，人们专为他们准备了丰盛、可口的食物，烛光下苹果酒波光粼粼。马修斯和朱娅娜知道，他们的结合感动了成千上万人，而他们则收获了人间最珍贵的礼物——爱情。

06

心中的天使

费尔迪南和格雯德琳是一对恩爱夫妻。他们刚刚迎来爱的结晶，怀胎十月之后，一个新的生命降临了人间。呱呱坠地之后，小德里昂看上去身体十分健康，给这对年轻父母带来了无尽的喜悦。不料祸从天降，24 小时后，当他们准备返回家中时，婴儿的面色突然变得青紫。当医生把德里昂病情的严重性告诉他们时，夫妻俩不胜惊恐，他们知道从此以后生活将会发生翻天覆地的变化。他们别无选择，只能勇敢面对。

从产科医院来到儿童医院，格雯德琳抱着毫无防卫能力的婴儿束手无策，只能惴惴不安地等候外科医生的到来，他将为孩子做开胸手术。夫妻二人在惊慌、恐惧、失望和愤怒交织在一起的情感中挣扎，他们彼此紧握着对方的一只手以示鼓励，同时在小宝贝额头上留下轻轻的一吻，祈盼命运之神给他带来生的希望。医疗人员来了，人们从格雯德琳手中轻轻地抱走孩子，并且宽慰他们说，一定会善待小患者。当年轻父母看到德里昂随着身穿蓝色工作服的医护队伍离开时，悲伤仿佛熄灭了夫妻二人心中的光焰，他们相拥着抱头痛哭。

正是在这一时刻，费尔迪南和格雯德琳同时感到，他们之间的关系变得异乎寻常了。过去，他们从未像现在这样彼此需要对方。没有人能够体察他们对心爱的孩子用情之深，没有人能够像他们这样必须面对死亡的威胁，没有人能够了解他们心中的痛苦和恐惧。作为德里昂的双亲，他们现在唯一要做的事情，就是汇聚起坚强的力量，建立起牢固的联系，共同迎接前所未有、胜负未卜的战斗。

小德里昂是一名坚强的战士，在外科医生的抢救下，他顽强地活了下来。不过几天之后，他又经受了一次心跳骤停的严重打击。就在他们再次准备离开医院时，当晚孩子不得不重新面对又一轮的抢救手术。费尔德南和格雯德琳只能在医院里再次度过不眠之夜。这一次前前后后加在一起，他们等候了一天两夜。

生命就像转瞬即逝的过山车，呼啸而来，轰然而去，速度极快，难以操控。在把德里昂领回家三个月之后，格雯德琳发现她又怀了身孕。作为第二个孩子的未来母亲，她真的感到负担太重，难以承受。她无法相信上帝会这么快安排她去抚养另一个生命。就在格雯德琳再次临产的前夕，德里昂不得不接受第三次外科手术。这一次他又勇敢地战胜死神，幸运地回到父母身边，并且等待小弟弟或小妹妹的出生。

老二也是个男孩子，他是9月里出生的。格雯德琳请了产假，她准备在第二年新学期开始时，再返回学校去任教。在她就要上班的前一个月，费尔迪南和格雯德琳不得不领着德里昂去心脏专科医生那里就诊。医生经过详细检查，确认小家伙必须进行另外一次外科手术。医生的话对他们来说不啻又是晴天霹雳。他们认为孩子不可能再接受手术治疗，否则在短短的17个月时间里，他的幼小心脏无法承受连续四次不间断手术的致命打击。

这次意外事件使费尔迪南夫妇完全失控。格雯德琳不得不续请三个月的无薪产假。可是，在这种情况下，他们该怎样摆脱越来越拮据的经济困境？他们又该怎样同时抚养两个年龄尚幼的孩子，更何况其中之一还是重病缠身呢？小德里昂尚需经受多少次病痛打击和手术折磨？他的生存希望又有几许？所有这些带根本性的问题，归结起来就是怎样摆脱窘境，闯过难关。

费尔迪南和格雯德琳不寒而栗。现实是他们生活在真实的世界里，却不能像平常人那样去正常生活。他们必须咬紧牙关，同心协力去承受责任和绝望这两座大山的重压。圣诞节就要来临了。年轻的父母本想以稍微放松的心情去参加一些必要的节庆活动。但是，他们知道小德里昂1月份又须接受手术，他们很难有心情去享受节日的欢乐。不过费尔迪南感到一家之主不能眼睁睁地看着自己这样被击垮，他实在需要减压，需要阳光。他无法对某些传统活动弃之不顾，于是便接受了一次圣诞庆典的邀请，决心抓住这个机会，享受一次本应属于他的正当权益。格雯德琳十分高兴地看到丈夫终于走出了情绪的低谷，迈入了正常的生活。他们太需要忘记痛苦和烦忧了，哪怕是一两天或几小时也行。

这天夜晚，格雯德琳平静、安详地躺卧在德里昂和他的小弟弟科纳尔身边。当她感到倦意袭来时，费尔迪南推开了卧室的房门。他的脸色一片苍白，眼神也特别怪异，浑身在不住地战栗。格雯德琳预感到丈夫身上肯定发生了不可思议的事情，她不敢开口询问真相。费尔迪南走近她，用庄严而深沉的声音对她说：

“格琳，我必须告诉你。在我参加完圣诞庆祝活动开车回家的路上，一件神秘而奇特的事情发生了：我看到了天使，他在向我招手，对我微笑。”

格雯德琳屏住了呼吸。以往，他们夫妻在一起从未谈起过天使。这一次丈夫的奇遇深深地打动了妻子，她用同样庄重的神情，聆听丈夫的倾诉。

“格琳，我对翱翔在天空中的天使说，如果实在需要从我们家带走一个人，我希望他不要领走德里昂，而是把我带走。”在动情地说出这番话时，费尔迪南的双眼红润了，格雯德琳痛楚地看到心爱的丈夫泪流满面。她不禁心头为之一热，仿佛听见天使温柔的声音在她耳边响起：

“不用担心，德里昂会十分幸福!”

无需语言交流，感情自然沟通。使夫妻俩感到惊愕的是天国来客把他们的心紧紧联系在了一起。他们好长时间默默地相互注视着，然后互相给对方拭去脸上的泪水。最后，他们甜蜜地相拥，幸福地偎依，一片祥和的气氛笼罩在他们周围。

这是他们结合以来最为重要的时刻。费尔迪南顺其自然地让爱妻分享着他的特殊经历和真实感受，而格雯德琳也顺理成章地进入了他的内心世界和情感领域。对儿子无比深厚的爱，在他们身上化成了无穷无尽的力量。

德里昂顺利地闯过了第四次手术大关。在结束了地狱一般的生活以后，格雯德琳的心情无比轻松，她和费尔迪南的亲密关系上升到了前所未有的高度。共同的信仰和相互的信赖，不仅让他们的感情显得更为深沉，更使他们的精神变得更加高尚。

正是在这种平静心情的支配下，他们迎来了生命历程中的又一次严峻挑战——德里昂的第五次心脏手术。不过这一次孩子没有那么幸运。下手术台没几天，他离开了生活不到两年的这个世界，离开了他的父母和弟弟。费尔迪南和格雯德琳不再感到悲痛，这不仅是因为他们庆幸能为他付出全部心血，更是因为天使已陪伴着他飞向天堂。

年轻的父母没有真正失去德里昂，他们由衷地感谢这个仍然活在自己心中的长子。他使他们更加热爱生活，敬畏生命，更加珍惜他们山高水长的情感和根深叶茂的爱情。德里昂永远是他们的最爱，是他们心中永生的天使。

07

犹太少年和波兰少女

朱利安是一名犹太少年，1942年深秋里的一天，他被投入了设在波兰的纳粹集中营。他衣衫褴褛地站立在铁丝网前，浑身冻得瑟瑟发抖。他不知道厄运怎么会降临到自己头上，因为他只是一个少不更事的大孩子。他应该去上学读书，在街头玩耍。他应该有属于自己的未来，会成家立业，娶妻生子。可现在这些梦想只属于活着的人，而他在这个暗无天日的囚室里，终日苟延残喘，跟死人简直没有区别。朱利安跟成千上万的犹太人被囚禁在这里，他还能见到明天的太阳吗？今天晚上他会不会被送进煤气室里窒息而亡？

这一天，他和往常一样，在铁丝网前踱来踱去，好给瘦骨嶙峋的身体增添一点热量。他太饿了，饿极了，饿得实在太久了。集中营里几乎没有什么像样的食物可言，真正能够饱腹的东西只能出现在睡梦里。每一天都有老人和孩子因营养不良而死去，朱利安陷入了绝望的深渊。

突然，他注意到这时在铁丝网的另一边，有个跟他年龄相仿的女孩子也在走来走去，并且会不时地停下脚步盯着朱利安。她的眼神充满着忧郁，仿佛在询问这个可怜的男孩为什么会关在这里。朱利安立刻转过头去佯看别处，他为让一个素不相识的姑娘看到自己的窘境感到羞愧，不过他并不真想避开那诚挚而好奇的目光。

这时，只见她把手伸进口袋，从里面摸出一个苹果，一个红红的、漂亮的、闪闪发光的苹果。朱利安很长时间没有见过苹果了，他多想美美地尝上一口。小姑娘小心地环顾左右，看到无人注意，便带着胜利的微笑，迅速地把苹果从铁丝网上方扔了过去。小男孩跑到苹果落下的地方，用僵硬、颤抖的小手捡起它。在这个充满死亡气息的世界里，这个苹果就是生命和爱的象征。当他抬起头来时，不无遗憾地看到，那个女孩子正在远方的地平线上逐渐消失。

第二天，朱利安情不自禁地在同一时间来到了同一处地方。他是多么希望前一天的那一幕情景能够再现眼前。站立在铁丝网前，他知道，自己的命运就系在铁丝网另一侧，无论这种希望多么渺茫，他都要不惜一切代价抓住它。

果然不出所料，小姑娘又出现了。她不但带来了一个苹果，而且像前一天一样，巧妙地把苹果扔过铁丝网，并且怀着同样的微笑，注视着小男孩迫不及待地拾起它。不同于以往的是，这一次朱利安用手举起了苹果，好让对方看清楚，小姑娘对他则友好地眨了眨眼睛。“她是可怜自己吗？”这个念头刚一闪现，就被朱利安给否定了，他只感到完全被幸福所笼罩。在再次抬起头望着铁丝网另一侧的女孩子时，他有生以来第一次觉得，一种说不清、道不明的奇特情感，一下子占据了他的心房。

从秋到冬，从春到夏，不知不觉间一年过去了。这对少男少女几乎天天见面。有时，他们互相说上几句话，有时仅仅是传递一个苹果。朱利安知道，她带给自己的不只是果腹的食物，她就像一个天使，慰藉着他的心灵。与此同时，从女方的眼神和语气里，犹太少年也能觉察得到，他用不同的方式，同样滋润着波兰少女的心房。

一天，一个不幸的消息犹如晴天霹雳击中了朱利安。他接到通知，第二天就要被押去另一处集中营。这不啻是死刑判决，因为他和心目中的女神就要从此诀别了。

第二天，肝肠寸断的朱利安最后一次与心上人相见。他难以启齿，不敢对她说：“明天别再给我带苹果，我们再没有机会见面了。”由于实在无法面对生离死别，他强迫自己转过身去，跑着离开铁丝网。朱利安不忍回头，女孩子看到的只是泪流满面的男友离她而去。

时光荏苒，噩梦在继续。但是冥冥之中的一缕阳光始终照亮着朱利安的身体和灵魂，一直鼓励着他在异常艰苦的环境中，战胜愤怒、痛苦和绝望的折磨。波兰姑娘的眼睛和面庞不断地在他眼前晃动，她的饱含爱意的话语总是在他耳旁回响，朱利安甚至觉得唇齿间每时每刻都充盈着苹果的芳香。

企盼已久的一天到来了，战争终于结束，噩梦戛然而止。集中营里的幸存者全都获得了自由。朱利安失去了生命中最宝贵的东西，包括他的家庭。但是，对命运女神的感恩，以及他深藏在心中的朦胧的爱意丝毫没有离他而去，正是这种难以磨灭的回忆激励着他闯荡美洲，去开创未来的新生活。

年复一年，20 世纪 60 年代末，朱利安来到了纽约。一天，一个好友恳请他参加一场聚会，出席者中有位他并不认识的中年妇女。他极不情愿地接受了邀请，这位女宾的名字叫娜莎，名字颇富诗意和人情味。她和朱利安一样，也是来自欧洲的移民。在这一点上，他们正好有着共同点。

“战争时期您在哪里?”娜莎小心翼翼地问朱利安，对于大多数欧洲移民来说，这通常是不愿提及但又难以回避的话题。

“我在波兰的一所纳粹集中营里待了一年，后来又在德国关了将近两年，往事实在不堪回首。”朱利安如实相告。这时娜莎的目光注视着远方，同时陷入深深的沉思之中，仿佛某个既痛苦又甜蜜的回忆顿时涌上了心头。

“我想起了在波兰时的那段岁月，不过它过去已经很长时间了。”娜莎缓缓地打开了话匣子。“十多年前，我住在一处离集中营不远的村子里，那时我只有十六七岁。我清楚地记得和一个犹太少年相处时的情景。他是一个少年囚犯。我几乎每天去看他，常给他带去一个苹果。我把苹果从铁丝网上面扔过去，他是那样地开心！”

娜莎叹了一口气后接着说道：“很难描述当时我们彼此之间的感情。不管怎么说，我们那时很年轻，而且哨兵监视得很严，我们很难多说上几句话。不过我可以告诉您，我们两个人相互倾心。他后来离开了波兰，恐怕像大多数被囚禁者一样，早就被杀害了。在我的脑海里，这个不可接受的想法一直挥之不去。我始终怀念他，总是爱回忆那段难以割舍的甜蜜情感。”

朱利安的心剧烈地跳动着，好像会瞬间爆裂一般。他深情地注视着娜莎，惴惴不安地问道：“那个男孩子同你分手时有没有说过，请你第二天不要再带苹果来，因为他要被押到另一座集中营去。”

“您说得不错，可是为什么……”讲到这里，娜莎的声音战栗不止。“您怎么会清楚地知道这一切？”

朱利安急切地握住她的手，无比亲切地告诉她：

“因为我就是那个犹太少年！”

随之而来的是长久的沉默。此时，两个成年人谁也无法将目光从对方身上移开。无论时光怎样流逝，虽然曾经天各一方，可是，他们现在毕竟面对面地坐在一起，一切是那样心照不宣。毕竟，他们过去彼此倾心，他们从来没有舍弃这份挚爱，他们从来没有忘却对方。

朱利安终于说出了心里话：

“娜莎，我已经和你分开过一次，以后再也不想和你分开。现在我仍是独身一人，唯一的愿望是和你厮守终身。你同意嫁给我吗？”

娜莎的眼里闪动着炽热的火苗，一如昔日光芒四射。她站起身来，投进朱利安的怀抱，在他耳边轻轻地说：“我愿意，这一天我已经等得太久了。”

婚礼上，朱利安向众人讲述了他们的姻缘之路，也再一次向娜莎敞开了心扉：“亲爱的，过去在战争年代，我渴望从你那里获得食物。而今在和平时期，我只渴求从你那里享受爱情。”

08

漂泊的母女仨

弗蕾达是一个不幸的女人，是各种家庭暴力的受虐者。多年以来，她一直受到丈夫的不断迫害，被他拳打脚踢，打得鼻青脸肿，曾经因此数处骨折。她的丈夫酗酒成性，在他酒瘾发作时，甚至拔刀或举枪相向，危及她的生命安全。出于无奈，忍无可忍的弗蕾达被迫与他一刀两断，携带两个幼女离家外出，浪迹街头，不知道命运究竟会把她们带向何方。

弗蕾达的两个女儿，一个4岁，名叫科蒂，另一个2岁，名叫卡蒂。她们在街头流浪已经三个星期，身上的余钱所剩无几。她很想找一份固定的或临时的工作，但不知道怎样安排两个幼女，为此年轻的母亲感到心烦意乱，不知所措。

一天，她推着双座童车，来到了一家餐馆前。餐馆老板当时正准备把焦煳的烤鸡扔掉。弗蕾达上前询问店主能否把这只烤鸡给她，无论如何它的一部分还可以给孩子食用，她们俩早就饥肠辘辘了。毫无恻隐之心的老板用不屑一顾的神情对她说，他会把烤鸡扔进垃圾筒，如果不嫌脏的话，她可以捡起来拿走。这种恶劣的态度对弗蕾达简直是莫大的污辱，但是出于自身的尊严，她显得犹豫不决。这时，餐馆的一名女服务员走了过来，悄悄地对孩子的妈妈说，她会把那只烤鸡装进干净的纸袋，然后把它放在垃圾筒盖上，这样食物就不致被污染。弗蕾达一再向她表示感谢，这只烤鸡母女三人足足吃了两天。

又有一次，她们辗转来到一家比萨饼店前，母亲想给小女儿要杯水喝。站在她面前的一名意大利人身材高大，相貌出众，正在向着两个小女孩微笑。弗蕾达觉得自己的样子十分狼狈，一再对店主表示歉意。不过，那名男子毫不介意，只是要她等一等，说他马上拿杯水过来。看着两个小女孩贪婪地喝水，意大利人便好奇地跟弗蕾达搭讪，说他知道在这个城市要养家糊口有多么不容易。在接完一个客人打来的预订比萨的电话之后，他又转身拿来一堆食物，把它们顺手递给弗蕾达。年轻的母亲神情窘迫，告诉店主自己没有钱付账。事实上，她和两个女儿已经整整一个月没有吃过一顿像样的食物了。意大利人见状开心地笑着说：

“拿着，这是给可爱的小姑娘们的礼物，我怎么会要您的钱？再说，只有像您这样漂亮的女子，才有资格享受这种待遇哩！”

弗蕾达心想这家伙肯定是疯了，要不就是个大傻瓜。她不好意思马上离开，便坐下来歇息片刻，和他闲聊起来。不过，意大利男子接二连三的问题，让弗蕾达着实不知道如何回答是好。

“您脸上的疤痕是怎么回事？手臂上怎么青一块紫一块？”

“为什么您连一件大衣都没有？孩子们怎么也穿得这样少？”

弗蕾达不想隐瞒事情真相，便将原委如实相告。好心肠的店主认真地听完她的诉说，然后一言不发地为她仔细包好食物，把它放到了童车的顶篷上。看到孩子脸上、手上满是污垢，店主人又建议妈妈不妨带她们俩去盥洗间洗一洗。弗蕾达也趁此机会洗了一下脸，她发现自己其实既不脏也不丑，充其量是有点邋遢，其实她的确风韵犹存，不失魅力。

离开比萨店时，弗蕾达再一次向意大利男子表示感谢，男子告诉她自己叫约翰尼，并且说只要她愿意，他随时欢迎她们再次光临。说实话，弗蕾达并不想滥用他的殷勤款待，在她看来他们不过是萍水相逢而已。冬天就要降临了，她必须尽快找到一份工作，要不就得想方设法回到父母身边暂住，否则她实在无法维持生计。

不过对弗蕾达来说，当务之急还是先找到一个可以过夜的地方。城市很大，弗蕾达推着童车，漫无目的地游荡着，就像一根断了线的风筝。走了许久，卡蒂咳了起来，吐了不少奶。这时，母亲突然记起食品袋里应该会有餐纸，便在里面翻了翻。出乎所料的是，里面还有十张面值一美元的现金。弗蕾达猜想大概是比萨店老板在给他们准备食物时，把钱放错了地方。她认为不能获取不义之财，于是便折身返回那家餐馆。

意大利人还在原地。弗蕾达告诉他回来的原因，并且要把钱还给他。

“我是故意把它放进去的。很抱歉，我当时身上就这么多零钱。”约翰尼客气地告诉她。

一个素不相识的人为什么要这样做呢？难道他是个天使吗？弗蕾达心乱如麻，语无伦次地对他说了一番感谢的话语。

“明天中午再带孩子们来吃午饭吧！”他又一次发出了邀请。

弗蕾达惊愕不已，令她百思不得其解的是，陌生的店主为什么对她和孩子们会这么好。但是，除了接受关心和帮助以外，她没有其他选择的可能。在向约翰尼道过再见以后，她带着孩子们离开了。

在走过一条长街的一半路程时，弗蕾达发现有人跟踪她们，她感到紧张万分，因为她有两个孩子需要保护。于是，她急忙拐进一条小巷，竭力让孩子保持安静。跟踪她的脚步声不但没有消失，反而离她越来越近。弗蕾达吓得屏住了呼吸。

跟踪者竟然是约翰尼，那个比萨店老板！他坦率地对她说：

“我知道你们没有任何地方可以过夜。请原谅我鲁莽地一直跟随着您。”

“您怎么会知道我们无处可去？您不会把孩子们送去收容所吧？”

“我为什么要送走她们？两个孩子是那么可爱！至于猜到前一点，是您的鞋子泄的密。”

弗蕾达情不自禁地低下头，看着自己的双脚。她的那双运动鞋好几处地方开裂了，显得一副无精打采的样子。更为可笑的是，那上面系的不是鞋带，而是两根粗线绳。她一下子变得面红耳赤，便想强词夺理地进行辩解。

“很不中看……是不是？不过这又有……什么关系？我穿着舒服……就行了。”弗蕾达结结巴巴，她知道自己不能自圆其说。

“您听我说，您到底想不想找个暖和的地方休息，需不需要洗个舒服的热水澡呢？”约翰尼的声音里充满着善意和温情。

弗蕾达真的犹豫了。她可从来没有见过他，一点儿也不了解他！约翰尼灼热的目光温暖着她，但这不足以成为要跟他走的理由。

“谢谢您的好意，可我不能接受。”弗蕾达冷静地回答。

就在这时，约翰尼让弗蕾达抬起头，顺着他手指的方向，看看她头顶上方亮着灯的那套公寓住房，同时十分诚恳地对她说：

“只要您改变主意，您现在就可以上楼，推开那套住所的房门。”

说完，他示意弗蕾达领着孩子跟他走，不给她留下任何回旋余地。弗蕾达忐忑不安地上了楼。在给孩子们洗完澡，让她们舒服地在童车里躺下来以后，她也让热水把自己冲淋了个够。此刻，她的紧张心情逐渐松弛了下来，恢复了平静的常态。当她穿好衣服在童车旁的椅子上坐下来时，她发现客厅外面的窗户旁影影绰绰有个人影，那是约翰尼待在那里，他是她们忠实的守护者。

困得要命的弗蕾达不知不觉地坐在那里睡着了，艰辛的生活使她变得十分憔悴。半夜里当她突然从恶梦中惊醒时，她看到约翰尼正站在身旁，眼里噙满泪水。

“求求您，带着孩子们上床睡吧，我可不希望你们中的任何人在客厅里着凉。”他的态度十分坚决，不容对方进行反驳。

“我不能。”弗蕾达显然感到过意不去。

“那好。我现在就去户外，好让你们在室内安心休息。”

“我让步，我也不想您被寒露淋湿衣衫。”

在把母女三人在卧室内安顿好以后，约翰尼便在客厅里的长沙发上躺了下来。弗蕾达听着两个孩子平静地呼吸，自己却彻夜未眠。

第二天，约翰尼给孩子们买了新衣服和一些玩具，也给弗蕾达买了件大衣和新运动鞋。从这一天开始，母子三人便留在了那里。她们后来和约翰尼成了一家人，弗蕾达成了比萨店的女主人。她和两个孩子不再流浪，不再受苦，终于有了幸福的归宿。

09

一盒神奇的玫瑰

冬天的天空一片灰蒙蒙，在半明半暗的客厅里，苏菲的面庞变得越来越模糊。她正躺在乔伊买的靠椅里打瞌睡，那把椅子是他们结婚四十周年时他送给她的礼物。外面飘着大片雪花，室内却暖意融融，安静到了极点。

下午两点左右，邮递员来到苏菲居住的亚伦街。他出现在街角的时间比平日要晚，这并不是由于漫天飞舞的大雪，而是因为情人节的到来使邮寄的物品陡增。邮递员走过苏菲门前没有停下脚步，一刻钟以后，他挨家挨户送完邮件，便开着邮车离开了。

当邮递员打火发动汽车时，苏菲被它的声音惊醒了。她习惯性地摘下眼镜，从袖子里掏出手绢，擦了擦眼睛和嘴巴。她按住座椅的扶手站了起来，顺手抚平深绿色的睡袍前襟的褶皱。

她拖着缓慢的步子迈向厨房，拖鞋擦地的声音清晰可闻。接着，苏菲在碗槽前停了下来，她打开水龙头，轻轻洗刷午饭后未洗的两只盘子。在朝塑料杯子倒了半杯水以后，她吞下两粒药片。现在的时间已是下午两点半了。

客厅里还有一把轻便式摇椅，它摆在窗户前面，正对着屋子的前院。苏菲又在那上面靠了起来。再过半个小时，孩子们就会放学回来，一个个打从她的窗前走过。

等她再把目光投向窗外时，孩子们已经纷纷离开了。室外气温很低，大雪纷纷扬扬，苏菲仍然呆坐在窗前，看着积雪正在一点点把孩子们的脚印覆盖。

就在这时，一辆运送鲜花的小型货车正在转过亚伦街的街角。货车行驶得很慢，苏菲注视着它越来越近。在给附近一两家送完鲜花后，司机在苏菲的邻居玛德琳家门前停了下来。谁会给她寄送鲜花呢？苏菲有些捉摸不透。是她在夏威夷的女儿吗？那地方离这里太远了。难道是她的弟弟？也不可能。他正住在医院里。如此看来，只可能是她女儿了，毕竟她很讨人喜欢。

情人节的鲜花使苏菲不由自主地想起丈夫乔伊，一种痛苦的回忆像一股电流瞬间穿过她的全身。明天就是情人节，可是丈夫辞世至今已经整整8个月了。

送花人不停地敲击玛德琳家的大门，他的脚边摆着一个用绿白相间的饰纸包着的花盒，盒子下面有块用白纸裹着的板条托架。她的家里好像没有人。不错，今天是星期五，而每个周五玛德琳都要去教堂做一个下午的义工，为养老院的老人准备食物。送花人看了看四周，然后搬起花盒向苏菲家走了过来。

苏菲吃力地从摇椅中站了起来，然后站到了窗户旁边。当她用哆嗦的双手戴上眼镜时，送花人开始在敲她的房门。等她快到门廊里，大门已经第三次被敲响了。

“您是哪一位?”她故作不安地问。

“您好，夫人!”送花人大声回答，“请问，您可以为您的邻居代收鲜花寄件吗?”

“当然可以。”苏菲边说边为他打开大门。

“我把花盒放在哪里?”那人大步流星地走了进来，彬彬有礼地问女主人。

“请您把它放在厨房里的餐桌上。”送花人看上去身材魁梧，苏菲只能勉强看到他的面孔，因为他头上戴着工作帽，下巴上长着一撮黑胡子。他没有在室内久留，这让苏菲感到放心，她在他身后很快地关上了房门。

花盒又长又宽，几乎占据了大半个餐桌。苏菲慢慢地走近餐桌，然后俯下身子，注视着包装纸上贴着的广告，上面写着：“娜塔莉花店乐于提供各类送花服务。”与此同时，一股强烈的玫瑰花香扑鼻而来，令人陶醉。苏菲闭上了眼睛，久久地吸吮着花香。她想象着里面应该是黄玫瑰，乔伊送给她的总是这种玫瑰。

“献给我的阳光。”乔伊洪亮的声音仿佛正在她的耳旁回响。冥冥之中苏菲看到乔伊为她送上的正是这一大盒黄色玫瑰，他在开怀大笑之后亲吻着她的额头，然后把她的纤细小手放进他宽厚的大手里，高声地为她吟唱《你是我的阳光》。

下午五点时，玛德琳敲响了苏菲的家门。当时，苏菲正呆立在厨房的餐桌前，全神贯注地看着花盒，没有注意敲门声。接着，她小心翼翼地把花盒打开，惊讶地发现里面装满了黄玫瑰。她把花束轻轻地拿出来后，重新在摇椅上坐下，把它们摊放在膝头上，若有所思地抚摸着黄色花瓣。玛德琳停歇一会儿之后又继续敲门，苏菲还是没有听见。发现无人回应，女邻居便转身离开了。

又过了好大一阵子，苏菲重新站起身来，把玫瑰花在餐桌上放好。她察觉到脸上红得发热，但说不清是什么原因。她搬来一只小板凳，把它在厨房地板上放好，然后慢慢地站上去，从厨房的壁柜里颤巍巍地拿出一只乳白色的瓷质花瓶。在花瓶里灌好清水后，苏菲十分虔诚地捧起花束，把耀眼的黄玫瑰一枝枝在花瓶里插好，接着一步步挪动身躯，毕恭毕敬地把花瓶端到客厅里，在茶几上面摆好。

站在厅室中央，苏菲禁不住笑出声来。她缓缓回过身子，弯了弯腰，独自一人哼着圆舞曲，在客厅里旋转起来。她的姿势看上去是那样舒缓，那样优雅。她从客厅转到厨房，再转至门厅又折回来，直到终于跳得腰酸腿痛，精疲力尽，她才无可奈何地在躺椅上坐了下来，并且很快地睡着了。

晚上六点半钟，苏菲突然被惊醒了。这一次是有人在敲后门，来访的正是玛德琳。女主人亲切地接待了来客。

“晚上好，苏菲！您身体好吗？五点钟时我敲过您的前门，您没有回应让我有些不安。我放心不下，觉得还是过来看看。”玛德琳一边不停地说着，一边在后门口脱下雪靴，换好柔软、温暖的棉拖鞋。

“我恨透了这场大雪。您不同样觉得吗？”客人仍在喋喋不休，“气象台预报今天有 20 公分的降雪，鬼晓得，像这种天气，雪会不会多下一倍？您不记得吗？去年有一次，气象预报下雪 10 公分，结果下了 52 公分！它预报今年会是暖冬，可是我相信，未来两周内，温度计的水银柱不会上升到零度。您知道，上个月我付了 400 元的暖气费，我那个屋子比您的还要小哩！”

苏菲只听进去一半邻居的唠叨。突然，她想起了客厅茶几上的黄玫瑰，她的脸一下子羞愧得变红了。空空如也的包装盒就在她的身后，摆放在厨房的餐桌上。她该怎样对玛德琳解释眼前发生的这一切呢？

女邻居仍在那里继续埋怨：“我不知道还要花多少钱来付其他账单。要是我的阿尔弗德能像您的乔伊一样精打细算过日子，我也不至于这样捉襟见肘。乔伊，乔伊……啊，我的上帝，我忘了花店送玫瑰来的事情了。”

听到这番话，苏菲的脸变得更红了。她张口结舌，忙个不迭地向玛德琳表示歉意。与此同时，她也挪动了一下身子，好让女邻居看到装玫瑰花的空盒子。

“太好了！”玛德琳看到盒子和花瓶以后连忙打断苏菲，“您把玫瑰花插进花瓶了，那您看到贺卡没有？我希望您在看到乔伊的字迹时不要感到意外。在去世之前，他嘱托我今年情人节时替他给您送上黄玫瑰，要我向您解释这一切。去年4月间，他就跟花店店主做好了安排。您的乔伊，他是多么了不起的男人和丈夫啊！”

苏菲根本没有听见玛德琳在说什么，她的心狂跳不已。直到这时，她才发现空盒里面还有一个小信封，便一把抓过来，迫不及待地把它打开。几行再熟悉不过的字迹顿时映入她的眼帘，仿佛乔伊就站在她的跟前，亲切而温存地对她说：

“我的阳光，我全心全意爱着你。试着在想念我时能给你带来快乐！永远爱你！乔伊。”

10

木匣里的情书

光阴似箭、日月如梭。先是几年，然后是十年，接着是二十年，流逝的时光分开了昔日的情侣克莱尔和英格丽。后来，他们迫不得已，各自组建了家庭。他们的生活道路迥然不同，却又并行不悖。怀着对往昔爱情的无限依恋与惋惜，英格丽常常顺着阶梯下到地下室，从摆放在果酱罐和苹果箱中间的小匣子里取出一扎信件，默默地读了起来。这几十封泛黄的信笺是第二次世界大战结束后4年的日子里，她的心上人克莱尔所写的情书，它们是当年两人矢志不渝的爱的见证。

这个不起眼的小木匣被英格丽从德国带到了美国，它陪着她度过了将近半个世纪。小木匣和珍藏其中的信件早已成为女主人生命里的一部分。那一封封书信非但没有因星移斗转而黯然失色，在英格丽的眼里它们反而更加熠熠生辉。事实证明，即使时间也不可能分开他们。这些信函是当年一个美国大兵克莱尔写给德国少女英格丽的。小姑娘那时年方 20，克莱尔则大她 3 岁。后来虽然因为阴错阳差，他们没有走进婚姻殿堂，但是痴情少女了解白马王子对她的一片真情。他们原本属于天造地设的一对，至少在英格丽的记忆当中和心灵深处确实如此。

这对年轻人是 1949 年在柏林美国的一处驻德空军基地相识的。当时在这个基地的办事处里除了十几名美国军人，还有一名年轻的德国女翻译，她就是年轻貌美的英格丽。女翻译热情开朗，才智过人，受到所有人的喜爱。每逢周末或节假日，只要有休闲和庆祝活动，大家都竞相邀请她做伴。办事处里的美国兵大部分和德国女孩年岁相仿，都在二十上下。女翻译虽然对他们并不反感，但真正令她侧目和心仪的却是一个沉默寡言的英俊小伙。他身材魁梧高大，待人彬彬有礼，二十三四岁的年龄使他显得比其他人更加成熟和稳重。

几个月时间过去了，这个名叫克莱尔的英武军人从来没有主动邀请过英格丽，这使她十分困惑不解，同时不禁大失所望。7 月 4 日美国国庆这一天到来时，空军基地准备举办一次盛大的庆祝舞会。基地之花至少受到了七名美国军人的盛情邀请，她不失礼貌地一一婉言谢绝。英格丽多么希望克莱尔这一次能破例邀请她，可是整个白天一直也没见到他的身影。仅仅在临近下班的前几分钟，克莱尔才出现在她的眼前。令她喜出望外，这一次意中人终于使她如愿以偿。不过，英格丽还是忐忑不安地向他解释，自己虽然乐意与他一道参加舞会，可是实在难以面对被她拒绝的那些热情的年轻小伙。

“这你不用担心，我会处理好一切。”说完克莱尔便推开办公室的大门高声询问大家，“你们说，今天晚上我们一起陪英格丽出席舞会好不好?”一阵热烈的掌声和欢呼声化解了众人心目中的女神的尴尬，她的脸上露出了灿烂的笑容。就这样，挽着克莱尔胳膊的英格丽在众人的簇拥下，神采奕奕地步入了舞厅，成为整个舞会众人瞩目的焦点。这个夜晚在两个年轻人心目中都十分神圣。舞会之后基地燃放了焰火。五彩缤纷的烟花照亮了夜空，爱的火焰同时也在他们的心中迸发开来。当克莱尔伴送英格丽回到宿舍时，他们用情不自禁地热烈拥抱和亲吻代替了相互祝福晚安。

“正是从这一刻起，我知道这个男人注定将与我厮守终生，甚至无须他开口表白，我就知道他会说出什么。”英格丽当晚兴奋不已地在电话里向妈妈敞开了心扉。事实果然不出所料，自那天夜晚以后，他们几乎形影不离。不过，对于他们来说好景不会很长，因为 4 个月以后，克莱尔就要奉调返回美国了。

随着这个时间越来越临近，他们倍加珍惜在一起的分分秒秒。两个人只要一有空闲，他们就会去附近的公园和树林散步，或者是克莱尔带上英格丽和她的父母去餐馆共进晚餐。

两个坠入爱河的年轻人开始谈婚论嫁。克莱尔希望心上人能和他一起去美国。英格丽欣然同意，他们对于未来的美好生活充满憧憬，没有丝毫怀疑。

不久，克莱尔返回美国，在旧金山以北的汉密尔顿空军基地服役。分离的日子十分难熬，他们鸿雁传书，互诉衷肠，同时焦急地渴望着能尽快结束天各一方，早日迎来团聚的一天。后来，当克莱尔获悉汉密尔顿基地无法满足他们的要求时，热恋中的这名空军军官怒不可遏。他申请重新调往德国，去原基地继续服役。在经过多次拒绝又多次请调之后，克莱尔终于获得批准。两个人都以为水到渠成了。

但是，天有不测风云。就在克莱尔所在的新团队启程前夕，他不幸因患急性盲肠炎住进医院。等他术后痊愈准备重新归队时，团队早已按时开拔了。克莱尔不得不等待再次分配。新的调令下来时，年轻人顿时傻了眼，因这一次他被派往日本，服役期将是整整 3 年。对于热血男儿克莱尔来说，这简直是晴天霹雳。他不忍耽误英格丽的青春年华，毅然决然地做出了一生中最为艰难的决定。这种感觉之于他不啻是剜肉割心。他在给心上人的诀别信中写道：

“这件事确实不应该发生。至此我们别无其他抉择。我衷心祝福你永远幸福。”

此后，一个前往东亚，一个身在欧陆，他们完全失去了联系。

若干年之后，英格丽辗转来到美国纽约，住进了姑姑家里，这个利欲熏心的女人看到外甥女貌美如花，便想把她嫁给一个富有的犹太老人。英格丽绝望到了极点，她愤然离开纽约，乘飞机直接去了芝加哥，前往她在美国唯一认识的熟人那里。这个人是她的一位故交，多年来他们一直保持着断断续续的联络。正直而善良的这位同窗男同学接待了她。尽管他知道英格丽从来没有忘记未婚的美国男友，为了弥补她心中的巨大伤痛，他还是愿意娶她为妻，给她幸福。

英格丽的丈夫名叫席勒，婚后他们有了两个孩子——卡尔和凯文。一家人平静而和谐地生活了十余年。在这段时间里，英格丽经常下到地下室，不断阅读保存在小木匣里的往昔情书。席勒表现得宽容大度，他从不干预妻子的反常活动，也不想窥伺她的内心隐秘，他认为保护隐私是每个人应有的正当权利。英格丽的心在流血，她经常扪心自问，如果克莱尔现在就在身边，他们的生活会是什么样子。

很快地，不幸再一次降临到英格丽身上。在一个圣诞节的前夕，席勒在41岁的年龄突然撒手人寰。他英年早逝，死于心肌梗塞。他是一个难得的好丈夫，英格丽对他始终怀有感恩之情。面临着丧夫之痛，英格丽万念俱灰。她只想把两个孩子扶养成人，决心从此不再考虑个人问题。二十年的光阴稍纵即逝。英格丽的两个孩子早已成家立业，而今她孑然一身，她的索然无味的生活中的唯一亮光，便是对往昔爱情的无尽回忆，这种思念也激发了她寻觅故人的强烈渴望。

春来暑往，此时的克莱尔已届退休年龄。在从军队退役以后，他同样过起了隐居生活。这些年来，他曾两次结婚，也育有两个子女。他的第一个妻子死于车祸，第二任妻子则在临近晚年时患了胰腺癌，然后凄凉地离他而去。他对家庭和子女尽到了责任，只是没有人了解他心中的苦悲。睡梦中他时常与英格丽相见，而今这位天使一般的亲人又在何方？就在克莱尔认为自己会在绝望中辞别人世时，一封意想不到的来信，使他几近冰冷的心重新恢复了暖意。

熟悉的笔迹告诉克莱尔，这是他朝思暮想的英格丽的来信！

“真是喜从天降！”他抑制不住内心的激动说：“她竟然就在美国，和我近在咫尺。我再也不能失去这第二次机遇了！”

他坐了下来，立即奋笔疾书，并在当天寄了出去。或许他会有机会重新收获爱情，因为他们彼此都没有忘记对方。

英格丽退休以后，在一所大学业余教授德语。自产生寻觅多年杳无音讯的初恋情人的念头那一天起，她便千方百计地搜集各种信息，寻找一切线索。她曾经教过的一个学生是位海军军官，就职于退休军人服务中心。从他那里英格丽获悉，中心的资料中有三个克莱尔，他们曾分别在陆、海、空军驻外基地中服役过。她自然而然地锁定了在空军中任过职的那个克莱尔。一股不可抗拒的力量驱使着她，她坚信自己的不懈努力既不会使他丢脸，更不会令她失望。

果然，她如愿以偿地收到了旧爱的回复。为了这一天的到来，英格丽整整等待了47年！当曾经那样熟悉的字迹在她眼前跳动时，她欣喜若狂，激动得无法自恃。她的克莱尔在信中说，现在他是一个鳏寡孤独的老人。他希望不仅能从通信中见到她的笔迹，读到她的心声，更希望建立起电话联系，直接听到她的声音、她的欢笑乃至哭泣。英格丽迫不及待地拨通了克莱尔留给她的电话号码，遗憾的是电话没有立即接通。晚上她又接着拨打，终于建立起了企盼已久的热线联络。他们忘记了时间，畅谈了好几个小时，最后确定了彼此重逢的日期和地点。

在飞往克莱尔所在城市的航程中，英格丽抑制不住既激动又惶惑的心情。她为什么要这样做？是不是操之过急、太不慎重了？她恨不得立刻跳下飞机，钻到地缝里去。不过，在走下飞机时，她恢复了镇定自若。她终于见到了那个仍然高大魁梧、依旧神采飞扬的克莱尔，除了一头白发，他几乎什么也没有改变。47年过去，弹指一挥间。他们像老朋友一样亲密拥抱，互致问候，他们追回了失去的时间，重逢的机遇就摆在他们面前。英格丽盛情邀请克莱尔去芝加哥回访，并在那里长住。他们知道这一次彼此再也不会分离，没有什么力量能让他们重新分开。

婚礼是在美国国庆节那天举行的。他们选择这一天，是为了纪念难以忘怀的初次相逢。这一年，英格丽 68 岁，克莱尔 71 岁。婚礼庆典上，新娘穿着齐脚的白色婚纱，新郎则身穿当年的戎装。近百名嘉宾出席了婚庆仪式，其中既有他们的亲人、朋友和同事，也有国际媒体的代表。他们对这对新人没有错过第二次机遇，终于梅开二度幸福结合，表示由衷的赞美与祝贺。

英格丽抚今追昔，思绪万千，她不无慷慨地说：

“我的内心充满了喜悦和幸福。我深知：自己晚年收获的爱的果实，恰恰来自半个世纪前播下的爱的种子。”

二

爱是生命的火焰，没有它，四周一片黑暗。

——[法]罗曼·罗兰

11

捐赠心脏

最后30小时的沉重打击，几乎把科妮和她丈夫吉姆彻底击垮了。她觉得身体变得僵硬，仿佛生命已经离她远去了。

科妮和吉姆刚刚失去只活了4个月的可爱的孩子，诊断的结论是婴儿猝死症。

30小时以前，科妮到幼儿保育院去接回朱利安，这是她婚后的第一个孩子。她走的是惯常的路线。几周来，她一周五天接送小宝贝，风雨无阻，从未改变。但是这一次，当她到达目的地时，情况显然不同：小朱利安竟然酣睡不醒！

随后的分分秒秒显示局面实在不容乐观。救护车尖啸的笛声划破长空，救护人员奔走不停，急救室的医护人员忙忙碌碌，束手无策。情况万分紧迫，时间就是生命。于是，一架急救直升飞机又把病儿送往一百公里之外的一家儿童医院……

然而，一切努力全都无济于事。12小时之后，医生们精疲力竭，各项救治措施皆告无效。孩子没有任何生命迹象，脑部活动也完全停止。医护人员决定把遗体移下手术台，小朱利安不复存在了。科妮和吉姆悲痛欲绝。痛定思痛，他们认为纪念朱利安的最好方式是摘取他的有用器官，作为公益捐赠，提供给有迫切需要的患者。可想而知，对于亲生父母来说，要做出这样一个决定，该需要有怎样的勇气！

新的一天来临了。一些决定要相继做出，一些措施要陆续采取。来电来函要回复，丧葬事宜要安排。看到妻子心情十分沉重，吉姆建议她不妨去理发厅剪头发，稍微缓和一下悲痛情绪。在和附近的一家理发厅进行联系时，店方告知他们当日不再接受预约。吉姆向店主作了简短解释后，老板爽快地回答他说：

“请您太太尽快过来，我会为她做好安排。”

科妮刚在理发店宽大的座椅上坐好，一阵睡意便顿时向她袭来，她实在是太疲倦了。不过，她还是尽力保持着克制和清醒。她实在无法忘记最近这几十个小时发生的一切，不明白如此惹人喜爱的孩子为什么这么快就离开了自己。科妮心乱如麻，心力交瘁，无法移开压在她心上沉重的大石头。她突然想到了医院神父在送别自己时说过的话：

“上帝的心是深不可测的。或许小朱利安已经完成了他来到这个世界的使命。”

神父的话多少减轻了科妮的一些苦楚，理发店女老板也向她表示了哀悼之意。科妮对她详细讲述了发生在自己身上的变故。从某种意义上说，这些倾诉能使她多少得到些解脱。或许讲述得越多，她越能加深对这些变故的理解。

当科妮讲到器官捐赠时，她不由自主地看了一下手表，并且想起此时此刻远在一百公里之外正在进行的一切。她神色凝重地说："或许，现在医生正从小朱利安遗体上摘下心脏的半月瓣哩！"

理发店老板听到这句话犹如突然被电击了一般。最终，她还是心有余悸地用战栗的声音对科妮说：

"我简直不敢相信今天自己身边发生的事情……就在一个小时以前，另外一位女顾客恰恰坐在您现在的位置上，说有急事要赶往儿童医院，因为她的婴儿要接受有人捐赠的心脏半月瓣。她离开时脸上泛着红光，嘴里不住地说：'上帝保佑，我的祈祷灵验了！'一点儿不错，这个孩子接受的就是您儿子的心脏瓣膜！"

科妮这时如释重负，她知道从这一刻起，自己的伤口完全愈合了。

12

我们是穷人吗

一个能在艰难困苦中抚养女儿，而又不使孩子觉察分毫的妈妈，该是怎样的与众不同！这个人就是莉莲的伟大母亲爱丽丝。

莉莲是在上小学四年级，也就是十岁的年龄时，才意识到自己家庭的贫困处境的。她有所需要的一切：有九个作为她的玩伴的兄弟姐妹，有不少她可以读的书，有她视为知己的用手工缝制的布娃娃，还有妈妈一针一线亲手为她改做的合体衣裳。是妈妈每天为她在上学前梳好头发，戴上发卡，又是妈妈每天在放学后为她刷鞋，洗袜。上学是莉莲的幸福时光：她喜欢新铅笔的软木香味，喜欢老师发给大家做绘图或手工的彩色纸张。她像一块海绵一样贪婪地吸吮学到的一切知识，同时对每月一次能从校长手里接过受到表彰的奖状感到心花怒放。

莉莲至今十分清楚地记得那一天，她像往常一样欢欣雀跃地走在上学的路上，手里提着并不丰盛的午餐盒。快要走进校门时，她偶然听见两个高年级女生在一旁窃窃私语：

“瞧，她就是那个穷孩子！”

说完，她们开怀地放声大笑。莉莲羞愧得红了脸，眼里噙满了泪水，她度过了一个难熬的白天。

回到家里以后，莉莲试图搞明白，为什么两个高年级同学的意外评论，会使自己产生出一种截然相反的情感。她开始用不屑的神情，打量起身上穿的那件裙子，并且第一次发现，它竟是件旧衣服。裤子折边的一处打褶的缝脚告诉她，这正是姐姐穿过的那一件。至于她的那双面目可憎的棕色男式球鞋，它们又是那样地不合脚，紧得几乎不小心就会让她摔跟头。所有这些都成了莉莲感到尴尬的缘由。

一见到妈妈，莉莲气就不打一处来。她不住地抱怨自己的命运。不妨说，莉莲就像是走进了一个陌生之家，对这个家里的一切似乎全看不惯。

譬如，厨房的地板上镶嵌着旧玻璃片，褪了色的墙上的彩色图片上有手摸的痕迹。对于妈妈的热情接待，莉莲也表现得满不在乎。妈妈当时正在为放学归来的孩子们准备点心：燕麦饼干和冲奶粉。由于确信自己是班上唯一一个喝奶粉而不是鲜奶的学生，莉莲拒绝了妈妈的好意，气冲冲地把自己关在房子里，直到吃晚饭时才走出房间。

这时的莉莲心乱如麻，塞满她脑袋的问题全与家境的贫困有关，诸如妈妈为什么对此只字不提，讳莫如深？为什么她必须从同学口中才能了解事实真相，等等。

她终于鼓足勇气冲进厨房，并用挑衅的口吻质问妈妈："我们是穷人吗？"

莉莲指望妈妈矢口否认一切，或是为家庭状况辩解，至少会给她一个满意的解释，让她不再感到羞耻。

事实恰恰相反。爱丽丝用略带思考的神情望着女儿，并且沉默了大约一分钟后，才放下了正在刮土豆皮的削皮器，然后正色对她说道：

"穷人吗？不是，我们不是穷人。看看我们拥有的一切吧！"

莉莲随着妈妈的手势，重新审视起自己熟悉的家：屋子里正在散发着热气的火炉，窗子上五彩缤纷的窗帘，橱柜上摆放着的烘焙面包和手调饮料。透过明净的玻璃窗，莉莲更看到了大片原野，它为这个家庭的十个孩子提供了广阔的游戏天地和活动空间。这时爱丽丝又接着说道：

"一些人认为我们贫穷只是因为家里没钱。可是我们毕竟有这么多东西！"

随后，她带着满足的神情，继续为一家子准备晚餐。她的言行向所有人表明，她不仅要填饱孩子们饥饿的肚子，还要浇灌他们幼小的心灵。莉莲顿时恍然大悟：物质上的财富微不足道，精神上的财富受用终生。知足常乐就是妈妈给予她的最大财富。

13

母爱呵护下的智障儿

已为人母的露易丝深有感触地说："任何语言都不能表述母爱的伟大，难以描绘母爱的魅力，更无法歌颂母爱的崇高。"下面她给大家讲述的，是一个完全真实的故事。

佛兰克和卡罗琳幸福地走进了婚姻殿堂。酷爱孩子的卡罗琳曾当众宣布，她至少要生六个孩子。一年一年过去了，她的愿望正在慢慢地变成现实。不过，第五个孩子的出生，彻底打破了她的梦想。

这个名叫汤姆的孩子刚生下来时并无任何异常。但是，当他长到半岁时，卡罗琳发现他吞食东西难以下咽，而且经常耷拉着脑袋。起初，妈妈只是怀疑他发育不良。她带儿子去看儿科医生，经过一番检查后，医生告诉她问题并不严重，大人不必过于担心。

"用勺子吃糊糊是挺费事。不好好吃东西的婴幼儿不在少数。应该说，这件事尚属正常范畴。”女医生心平气和地开导她。

“我只想知道他现在的健康状况究竟是否正常。”心有余悸的卡罗琳并不满意医生的解释。她说：“我的前四个孩子发育得都很好。可是，这个小汤姆，我总觉得他什么地方不对劲。”

于是，她决定带上孩子去咨询另一位儿科医生，这位男医生嘱咐妈妈耐心观察一年，看看孩子在成长过程中会发生什么变化。卡罗琳无可奈何地接受了他的建议。

在随后的一年中，小汤姆终于伸直了脑袋。但是，在其他方面，他仍显得成长滞缓，不太正常。他经常拒绝进食，只对南瓜和红薯等少数食物感兴趣，以至于他的皮肤渐渐呈现出金黄色。不过，真正使卡罗琳感到不安的，还是小儿子有时会突如其来大发雷霆。哥哥、姐姐做作业时，他会出人意料地去骚扰，他们在看电视或玩游戏时，他也经常去捣乱。大孩子们都尽量让着他，可他还是少不了出言不逊，甚至动手动脚。卡罗琳知道，在这个年龄段，小孩子免不了行为反常。可是，汤姆出错的频率实在是太频繁了。

汤姆两岁时，卡罗琳仍一如既往地带他去看这个医生，见那个专家。现在，没有任何人再说他身体状况不令人担忧了。给他检查的一个大夫，甚至诊断孩子患有苯丙酮尿症，称这是一种可以导致智力低下的代谢紊乱。另一位医生确信这并非问题的症结所在，其病因在于一种脑病变，它是婴儿出生时缺氧造成的。总之，在持续求医问诊的过程中，结论无一例外的都是，汤姆再也不能像正常人一样生活，他需要到专门的医疗机构去接受护理。

这些诊断令卡罗琳怒不可遏。怎么能够想象让一个年仅三岁的幼童进入这类机构，并且假定他的病情只会每况愈下呢？每当佛兰克夫妇陪着汤姆去探察那些部门时，他们看到那里生活的孩子大多智力低下，行动迟缓，反应呆滞，其中不少人甚至连进行正常交流都很困难。不错，汤姆有他自身的麻烦。但是，卡罗琳认为，他的问题不可能在这些地方得到解决。

后来，一名上门服务的护士告诉卡罗琳，首都一家大型综合医院或许可以帮助汤姆。母子俩又一次前去求诊。但是，医院的儿科医生和心理医生经过会诊，得出的结论同样不外乎是智力障碍，不能上学。这所医院的一位社会医学女博士甚至暗示，孩子接受不了复杂的正规教育，将来只能在路边捡小石子玩。

“那又怎么样?”卡罗琳不屑一顾地反唇相讥，“我想告诉您一件事，大夫。我并不介意他长大以后干什么，他只要能自食其力，照管自己就行。包括小汤姆在内，我关心自己的每一个孩子。汤姆喜欢父母和哥哥、姐姐，我们每个人同样喜欢他。我对他们的关爱与他们的智商无关。虽然汤姆成不了天才，但我一点不会少给他疼爱。”

后来，医生们的预测在汤姆身上并没有变成现实。卡罗琳在不放弃继续求医的同时，把更多的精力放在了大力开发孩子的潜能上。到了入学年龄时，尽管学校并不情愿，老师们还是允许汤姆在妈妈的陪同下随班听课。每天放学回来，哥哥姐姐们轮流给他补课，帮他复习，卡罗琳也督促他独立完成课外作业。事实雄辩地证明，汤姆的智力发育虽然滞后，但日后他完全可能一切如常。保健医生在对他进行更有针对性的治疗及护理后，他的病情逐渐缓解。后来两年，在汤姆度过独自接受小学教育的艰难阶段后，他毫无困难地完成了中学学业，接着又顺利地进入大学，学习幼儿教育和管理专业，成了一名受欢迎的特殊儿童教育教师。

露易丝感到异常欣慰，不仅是由于卡罗琳没有放弃拯救汤姆，并且取得了意想不到的成功，更重要的是因为，这个从小饱受煎熬、折磨的孩子就是自己的丈夫。露易丝和汤姆一样，终生感激这位令人肃然起敬的伟大女性。卡罗琳的非同寻常之处，在于她始终没有被医生的误导和偏见所干扰，而是坚韧不拔、不屈不挠地履行着母亲的神圣职责。她只听从心灵的指引：对子女的关爱和对信仰的坚定，是战胜艰难困苦与病魔最有力的武器。

14

发　卡

那一年波丽娜刚好 8 岁。一天，她听到妈妈在跟朋友们聊天时，无意中说到第二天是她 30 岁生日。听到这番话时，小姑娘自然而然地想到了两点：首先，是她知道了妈妈生日的具体日期。其次，在她的印象里，妈妈从来没有收到过生日礼物。

她想："我得为妈妈做件有意义的事情。"于是，波丽娜走进卧室，打开小储蓄罐，取出了里面所有的硬币。她数了数，一共五枚，每枚面值为五分钱。这是她五个星期的全部零花钱。随后，她去了附近街边的一家日用品零售店。她从口袋里掏出钱放到柜台上，腼腆地告诉店主塞维尔先生，自己想给妈妈买件生日礼物，希望他能帮忙挑选一件。

塞维尔左找右看，不久就拿出几件物品，它们的价钱都在 25 分左右。最先映入波丽娜眼帘的是一尊陶瓷塑像，这件礼物大概会使妈妈喜欢。不过，家里这类装饰品已经不少。妈妈交给波丽娜的任务，就是每周擦拭一次它们上面的灰尘。她觉得自己应该换个主意。接着，店主建议她买袋巧克力奶糖。由于妈妈患有糖尿病，送给她甜食作为礼物显然也不合适。

塞维尔先生最后向她推荐的是一盒装饰不错的发卡。波丽娜妈妈有着一头漂亮的黑色长发。每次她洗完头，都将发髻高高挽起，然后再用发卡把它们束好。有时，她也会取下发卡，任曲卷的秀发像瀑布一样洒落肩头，那神态如同舞蹈演员一样优雅，气质像电影明星一样高贵。一想到这里，小姑娘充满了自信：这盒发卡肯定是送给妈妈的最好礼物。

回到家里后，她小心翼翼地取出发卡盒，又找来周日画刊的彩色漫画页，打算把它当作包装替代品，因为她再没有余钱去买正规的包装纸了。第二天清晨，当大家聚集在餐桌前吃早餐时，波丽娜走近妈妈，递给她亲手包好的礼物，同时满怀深情地对她说："妈妈，祝你生日快乐！"

这一举动出乎所有人的意料。妈妈更是惊讶不已，她沉默了好一阵子。当她抬起头来时，波丽娜看到妈妈泪流满面。她慢慢地拆开彩色漫画纸，一盒精美的发卡出现在她眼前。她从中取出一支支发卡，有金黄色、玫瑰色、翠绿色、宝石蓝色……，它们五彩缤纷，令人目不暇接。看到妈妈泣不成声，波丽娜连声道歉："对不起，妈妈。我不是成心让你扫兴的。我只想送你一件礼物，表达女儿的一点心意。”

“你错了，好女儿，我真的感到高兴。”再次注视母亲的眼睛时，波丽娜看出那里闪耀的是欣喜的泪花。“你要知道，这可是我一生中收到的第一件生日礼物。”妈妈激动万分地说。紧接着，她一把拉过波丽娜，把她紧紧地搂在怀里，同时亲着她的脸颊，喃喃自语：“我好有福气。”看到波丽娜姐姐近在咫尺，她便转身说道：“林达，你看，你妹妹送了我一件多好的生日礼物。”之后，她又对自己的丈夫说：“快看，波丽娜送的漂亮礼物。”心情平静下来以后，她走进盥洗室，洗净一头秀发，又用崭新的发卡把它们束了起来。

就在这时，爸爸对已然坐在他身旁的波丽娜说：“孩子，你知道，小时候我们住在农村，买不起贵重东西。因此，当地人们从来没有给成人送礼的习惯。即使要买礼物，也是为了送给孩子。当时你妈妈家里很穷，哪怕是过生日，孩子们也没有收到过任何礼物。今天，通过你的这个举动，我看得出你妈妈心里多么激动。你给了她最好的祝福。我还想说的是，你开了个很好的先例。”

波丽娜的确开创了先例。从这以后，在过生日的那一天，妈妈就完完全全地沉浸在节日贺礼的海洋里。波丽娜的姐姐、两个哥哥，她的爸爸，当然还有波丽娜，人人争先恐后，个个概莫能外。随着孩子们一天天长大，他们挣的钱越来越多，妈妈生日的礼物也就水涨船高。波丽娜成为高级工程师后，她给妈妈陆续送去各种高档礼品，包括一套立体音响、一台彩色电视机和一个多功能微波炉。不过，后来妈妈把微波炉跟别人换了吸尘器，她觉得这东西更有实用价值。

妈妈50大寿那天，波丽娜和姐姐及两个哥哥一起，共同集资给她买了件特别贺礼：一枚镶有珍珠、嵌着钻石的戒指。当老大代表弟妹们给妈妈呈上天鹅绒首饰匣时，妈妈的脸上堆满了幸福的微笑。她取出金光闪闪的珍珠宝石戒指，高高地举起它对大家说："孩子们对我太好了，对不对?"宾客们齐声鼓掌，点头称是。当戒指在他们手中依次传递时，大厅里响起了经久不息的赞叹声。

生日庆宴结束以后，波丽娜留下来帮助收拾餐厅，整理屋子。去厨房里清洗餐具时，无意中她听到了旁边客厅里爸爸、妈妈的一段对话：

"西塞莉，孩子们送给你的戒指价格不菲。我看，这是你一辈子收到的最好礼物了。"

"朗德，这枚戒指确实珍贵。不过我要告诉你，一生中我收到的最好礼物，还是那盒非比寻常的发卡。"

这番表白同样出乎女儿意料，眼泪夺眶而出的波丽娜不禁掩面呜咽起来。

15

叛逆少年

苏菲是一位有着三个称心如意的孩子的慈爱母亲。关于他们，她有着几天几夜也说不完的美好回忆。不过在她眼里，最难忘的时光之一，还是她作为特殊身份的母亲，跟一个素不相识的孩子间的微妙感情。这次相处虽然时日短暂，却使她永远刻骨铭心。

那年夏天，苏菲主办了一次为期一周的夏令营，其宗旨在于培养孩子的自信心和自理能力。孩子们白天在这里参加集体活动，接受教育，经受考验，晚上仍然回家就寝。营员中，一个名叫麦克的孩子情况有所不同，因为他是一家儿童收养所送来的。麦克刚满12岁，来此之前，他有着不堪回首的悲惨经历。他的母亲去世很早，穷困潦倒的父亲无力独自抚养，就把他送去多年未见的姑姑家，指望儿子能过上正常生活，有个相对安稳、幸福的童年。谁知姑姑酗酒成性，喜怒无常。她只知道把孩子当奴隶使唤，经常在身体上摧残、精神上虐待他。久而久之，小麦克变成了一个内心冷漠、行为不羁的叛逆少年。在被姑父送入儿童收养所后，他更感到与这个世界格格不入，完全感受不到人间温暖。

在苏菲主办的夏令营里，麦克只喜欢和几个名声不好，甚至有些行为不端的孩子一起厮混。对于活动组织者来说，这无异于一种巨大的挑战。这一切，苏菲看在眼里，急在心头。她知道，孩子的出格举动常常是内心伤痛的自然流露。她决定摒弃成见，用一片真情去感化这个冥顽不化的孩子。

转眼间，紧张而丰富的夏令营生活已近尾声。第六天时，苏菲对孩子们宣布，当晚他们将在户外露宿一夜。营员们欢呼雀跃，麦克却嗤之以鼻，竟然当场指责多此一举。苏菲对此置若罔闻，不为所动，依旧按照计划继续做着各项准备工作。

夜幕降临，月上树梢。这时，在远离营址的湖畔早已搭好一排双人帐篷。一声哨响之后，孩子们争先恐后地钻进帐篷，一个个开始解开睡袋。营帐外，只有麦克一人耷拉着脑袋，像幽灵一样在湖边徘徊。忽然间，苏菲看到他大步朝自己走来。她不想听到这个刺儿头的抱怨，便用十分温柔的语气对他说："去吧，麦克。快去找你的睡袋，和同伴一起休息。"

"我没有睡袋。"麦克没有好气地回答。苏菲告诉他这不成问题，因为营地有备用被子。说完，她就顺手拿出两床。交给麦克后，她认为一切妥当，打算转身离去。就在这时，麦克突然抓住她的衣袖，不管三七二十一，迅速把她拉到一旁。

“求求你，别走。我有话要跟你讲。”苏菲惊愕地看到，在这个什么都不在乎的大孩子脸上，显然流露出一种羞愧和为难交织的尴尬神情。他用勉强才能让人听见的声音，结结巴巴地说：“你看，我有点麻烦。我……夜晚……小便失禁。”听完他的表白，苏菲如释重负。不过，在麦克面前，她没有表现出半点诧异。她只是没有想到，原来麦克之所以不合群，不过是出于这个隐私的滋扰。于是，苏菲首先感谢他的信任，随后又对麦克说，自己终于明白了他不愿和同伴宿营的原因。同时，苏菲又询问他，愿不愿意去办公室旁边的休息室。孩子点了点头，于是他们便拿起被子，放轻脚步，一起慢慢地离开了湖区。

途中，苏菲又问他晚上一个人单独睡觉是否害怕。麦克告诉她，在以往的生活中，他过够了担惊受怕的日子，让他害怕的事情不胜枚举。接着，他毫无保留地讲述了自己的不幸遭遇。苏菲不住地安慰他，说等他长大成人以后，任何困难都能克服，他会有完全不同的未来，关键在于把握好自己的命运。麦克入神地听着，不住地点头。这时，在苏菲眼里，他已不再是一个脆弱、任性、不通人情的孩子了。

在休息室里，为麦克铺好干净的被子以后，苏菲让他脱衣睡下。接着，她又给麦克拉起被头，盖好被子。熄灯离开前，她看到小家伙脸上流淌着两行泪水。她轻轻地为他擦拭，并且轻吻了一下他的额头，和蔼可亲地对他说：“祝你晚安，麦克。你是个了不起的孩子！”

“晚安……谢谢你……像妈妈一样疼爱我。”麦克的话语里充满了真诚的感激。

“我实在感到荣幸，孩子。”说着，苏菲走到床前，以特殊母亲的身份，情不自禁地把他拉进怀里。麦克也紧紧地搂着苏菲，不停地哽咽着呼唤：“妈妈……妈妈……”

第二天早上，麦克起床后，苏菲从小屋里抱出两床尿湿的被子，心头不禁为之一热，同时充满怜悯之情。回到湖滨时，注视着一汪清澈的湖水，她不禁浮想联翩：生命就像一段荡漾在碧波之上的旅程，不经风雨，难见彩虹。眼前的风光会因变幻的心境而精彩纷呈，时常徜徉游走于湖畔，人们就可以让心灵回归生命的本真。

16

爱心无国界

在似火的骄阳炙烤下，玛莎一家乘坐的火车在轰鸣声中驶进了印度南部的一座城市纳普尔。这一天是慈善行动日。坐在玛莎旁边的是丈夫加斯帕和两个已被收养的印度男孩。他们此行的目的，是再收养一名印度女孩，这样，他们的家庭会显得更加完整和完美。不幸的是，依据当地的法律程序，外国人办理领养手续相当繁琐。因此，他们不可能在短时间内把养女带回美国。

三年之前，玛莎离开了马里兰州来到印度，把海德拉巴作为第二个居住地。新家的地址离他们领养两个男孩的孤儿院并不太远。现在，玛莎有时仍会在那里小住一段时日，她的丈夫也会前来与他们会合。加斯帕在马里兰州工作的公司完全支持他们的善举，慷慨地给予他额外假期，使他能顺利成行。

这一天，在到达离海德拉巴五百公里远的纳普尔之后，他们乘坐人力车来到当地一家人满为患的孤儿院。玛莎一家受到一百多名孩子的热烈欢迎，人人都渴望着自己能被幸运选中。这个场面让玛莎觉得很不好受，幸好在她眼里，这家孤儿院管理得还算井井有条，物质条件虽然简陋，但仍足以使人接受。看来，孩子们的基本保障在这里能够得到满足。

玛莎他们急不可耐地等候了相当长一段时间，终于管理人员领来了一个瘦小纤弱的女孩子。玛莎第一眼就看出，这正是她一年来朝思暮想的那种类型的小姑娘。她的名字叫吉塔。喜出望外的玛莎夫妇抢着抱起孩子，一个劲地亲吻她。从这一刻起，共同的命运就把他们联系在一起了。

吉塔不会讲英语，但这一点无关紧要。重要的是，她名正言顺地成了加斯帕和玛莎的女儿，她已成了这个家庭的正式成员，她的到来使这个家有儿有女，父母多年的梦想终于如愿以偿了。他们高高兴兴地在一起吃了冰激凌，共同看了家庭成员的相册。两个小时的初次相聚很快就结束了。他们依依不舍地相互告别，脸上带着忧伤的微笑，因为大家知道，一个月以后全家就会大团聚了。

加斯帕再度返回美国，玛莎和两个养子也重新回到海德拉巴的寓所，她将在那里心神不宁地等候着办妥一切领养吉塔的手续。夜里，玛莎时常会从睡梦中惊醒，想象着吉塔依偎在自己怀抱中。她是那样无辜，那样无助，需要尽快脱离孤儿院，得到她的关怀和救助。

一天，玛莎终于接到通知，她可以立刻前往纳普尔领回养女。刻不容缓，她立刻打电话订购了一张飞机票，指望当天能够返回，否则两个养子就会无人照料。人算不如天算，意外的事情还是发生了。在一场宗教冲突中，伊斯兰教徒用炸弹摧毁了一座小城的印度教庙宇，这座城市位于海德拉巴以北一百公里处。海德拉巴是穆斯林信徒聚居的主要城市之一，由于担心再次发生暴力冲突，当局宣布全城实行戒严，进出该城的一切航班自然也都全部取消了。

出于无奈，玛莎决定请求朋友们照顾两个养子，自己孤身乘坐火车前往纳普尔。当地为她服务的汽车司机是个狂热的穆斯林，他竭力劝阻玛莎不要动身。他甚至用警告的语气对她说："太太，您不会活着从那里回来的。"他提醒玛莎，一个美国女士独自外出，只能成为暴力袭击的活靶子。她的信奉印度教的朋友们也发出了同样的告诫，纷纷要求她放弃原来的计划。

然而，玛莎执意不肯改变自己的行程，她再次更改出行方案，打算乘汽车前往目的地。她想自己的司机是个穆斯林，是可以依赖的朋友。在戒严期间，他还帮助她购买了包括食物在内的生活必需品，使她和孩子们可以安全地待在屋子里。此刻，司机依然固执地劝玛莎打消念头。他说："太太，我实在无能为力。我只是孤身一人，势单力薄，怎么能够和一群全副武装的暴徒搏斗？请您还是留在家里吧！”玛莎知道，目前照顾好身边的两个孩子，同样是责无旁贷的义务。于是，她只能屈从于现实，心有不甘地留了下来。

日子一等就是一星期，一周过去就是一个月、几个月。每一天，玛莎都为留在孤儿院里的吉塔祈祷，孩子会怎么看发生在自己周围的这一切，人们会对她解释为什么新妈妈没有来接她吗？两个养子一直渴望着妹妹的到来，他们也变得焦躁不安。玛莎这时多么期望有人来关心她、帮助她。可是她的丈夫和美国亲友却远在千里之外。时局越来越混乱，环境越来越糟糕。玛莎明白一切只能靠自己来面对，她只能凭借自身的力量。她不断地提醒自己：保持冷静，战胜惊恐。天无绝人之路，终会云开日出！

渐渐地，宗教冲突开始缓和，伊斯兰教徒和印度教徒间的关系不再剑拔弩张，戒严令很快取消了，生活又恢复常态。自从慈善行动日玛莎见到吉塔那天到此刻，整整四个月的时间过去了。加斯帕再一次启程来到海德拉巴和他们重聚，玛莎心头的重压已经消失，她觉得终于可以自由呼吸了。她和全家人一样，怀着轻松的心情，等待着接回吉塔那一天的到来。

终于，他们重新预订了飞往纳普尔的航班。几个小时之后，他们便拿到了第二天启程的机票。两辆人力车又把这一家子送到了纳普尔的孤儿院。玛莎渴望且等待已久的时刻再也不会错过。迎接她的是数不清的充满渴望的稚嫩面孔，可她看见的只有一个：那是脸上洋溢着幸福微笑，张开双手迫不及待地向她跑来的小姑娘——吉塔！

“妈妈！”这是她用从来没有说过的英语发出的呼喊。“我爱你们！”她又用异常清晰和准确的英语喊了一句。玛莎的眼睛湿润了，她的心更是融化了，吉塔那炯炯有神的大眼睛饱含着无限深情，玛莎从中读到的全部信息是：爱永远没有国界，我们不会虚度今生。

17

灵丹妙药

还记得当你是个孩子时，你因不小心摔倒在地而疼得大喊大叫吗？还记得妈妈为了减轻你的痛苦做了什么吗？这个故事的主人公芭芭拉在这里告诉我们的，就是她和妈妈之间发生的感人至深的故事。

她的妈妈名叫格雷丝。芭芭拉清楚地记得，小时候有一次她病得厉害，浑身上下都不舒服。那一天，妈妈为她请好假不去上学。看到女儿痛苦不堪的样子，便抓起她的小手，又把她轻轻地抱到床上。然后，她坐到女儿身旁，再次把她冰凉的小手放进自己温暖的大手里，用亲切而又温柔的声音对她说：

“如果你不舒服，就抓起我的手，我会告诉你我是多么地爱你！”

芭芭拉点点头，使劲地摆了摆格雷丝的手，顿时便感到疼痛的感觉缓和了许多。看到女儿眉头逐渐舒展，妈妈脸上露出了会心的微笑。

随后每逢遇到类似的情况，芭芭拉都如法炮制，屡试不爽。每一次芭芭拉都毫无例外地听到妈妈安慰她、鼓励她："孩子，我爱你。"这种爱的经典表达方式几乎成了一种包治百病的灵丹妙药，以至于芭芭拉甚至故意称病，装出一副很不舒服的样子，为的就是再次享受那种奇妙无比的感觉。

自然，随着芭芭拉从年幼无知的小姑娘，到长成亭亭玉立的少女，再到风度婉约的成熟少妇，格雷丝也与时俱进，对这种经典的爱的表达方式不断加以演绎和改进。在不同场合，她总能对症下药，变换不同的方式，使女儿在生活中增加幸福感，减少痛苦度。

进入大学之初，18岁的芭芭拉在学习上遇到不少困难，常因害怕考试发挥失常而心烦意躁，愁眉紧锁。周末回家时，格雷丝会为她端上一杯香喷喷的杏仁奶。当芭芭拉一口气把它喝完时，她突然意识到妈妈为她准备的并不是她最喜欢的饮品，而是经过重新配置，提振她的自信心的灵丹妙药。

大学毕业后两年，25岁的芭芭拉在工作中一时遇到挫折，她忧心忡忡，感到无所适从。休假回家时，格雷丝陪伴女儿到湖边散心，特意为她精心做了一顿丰盛的野餐，她所准备的食品正是女儿平日的最爱。当芭芭拉开心地品尝美食时，她再一次意识到，这份经过改进的灵丹妙药，是妈妈为她提供的战胜困难的利器。

进入中年之后，业已成家的芭芭拉一度遇到感情危机。就在她一筹莫展之际，爸爸妈妈及时前来探望。他们走后不久，芭芭拉在住所门前的信箱里，找到了妈妈为她留下的一封亲笔写的短笺，告诉她女儿在他们心中的位置无人可以替代。芭芭拉读后深有感悟，她知道这是妈妈开具的抚慰她不安心灵的又一副灵丹妙药。

不过，真正使芭芭拉难以忘却的爱的经典表达方式，那份爱的灵丹妙药，还是小时候格雷丝满怀深情地对她所说的那番话：

“如果你不舒服，就抓起我的手，我会告诉你我是多么地爱你!”

一天，芭芭拉突然接到妈妈的电话，平时她说话直截了当，语气不容置疑，这一次她却是吞吞吐吐，听上去有些惊慌失措：

“芭芭拉，我觉得有什么地方不对劲，不知道应该怎么办。求求你，快点来看看我吧!”

芭芭拉二话不说，挂上电话就驱车赶往父母住所。她有一种不祥的预感，一路上不停地猜想妈妈究竟发生了什么事情。一进门，她就看到爸爸在客厅里焦躁地走来走去，显得六神无主。格雷丝有气无力地躺卧在床上，她面色苍白，双眼紧闭，两只手紧捂着肚子。芭芭拉迅速地走上前，竭力掩饰着不安和困惑，用尽可能平静与温和的声音对她说：

“妈妈，是我，芭芭拉。”

“真的是芭芭拉吗？”

“不错，妈妈。”

她的疑惑确实让芭芭拉感到出其不意。接下来格雷丝的问话更令女儿震惊不已：

“芭芭拉，我快要死了吗？”

看到妈妈在那里痛苦呻吟，声音里充满无助的叹息，女儿一时不知怎样回答，她的眼睛里饱含着热泪。芭芭拉又继续沉默了一段时间，她呆呆地站在母亲身旁，在搜肠刮肚地寻觅最佳的回答：

“妈妈，我不知道死神是否会光顾你。我只是觉得，如果这一刻真的来临，你应该坦然面对，走得体面和安详，不留下任何遗憾。我爱你，妈妈。”

格雷丝仍然不住地哀叹：

“芭芭拉，我浑身都不舒服，快帮帮我。”

女儿又一次不知如何回答和对应。她在妈妈床边坐了下来，下意识地抓起格雷丝的手，心里话不由分说地脱口而出：

“妈妈，如果你不舒服，就抓起我的手，我会告诉你我是多么地爱你！”

格雷丝心头一亮，同样自然而然地抓住了芭芭拉的手。

“妈妈，我爱你。”女儿一往情深地回应。

在随后的两年时间里，格雷丝坚强地与病魔斗争，同时间赛跑，直至最终因癌细胞扩散全身而离开人世。临终前，她紧紧抓住女儿手，听着芭芭拉一遍又一遍地重复：

“妈妈，我爱你！”

没有人知道格雷丝撒手人寰的神圣时刻。即使死神再次眷顾母亲，即使妈妈再度离芭芭拉而去，她知道，自己献给心目中最亲爱的人的，仍会是这副人间最神奇的灵丹妙药：

“如果你不舒服，就抓起我的手。”

18

领养孩子

迈克尔还是米莎尔？这是莫妮卡和理查德在结婚前就为孩子想好的名字。第一个如果是男孩便叫迈克尔，是女孩则叫米莎尔，他们早就筹划好了一切。

在理查德获得大学毕业证书以后，他们组建家庭的梦想变成了现实。在随后的两年里，他们一直等待着莫妮卡怀孕时刻的到来。一个月又一个月过去了，两个人大失所望。在新的一年来临之际，莫妮卡相信自己真的怀孕了，便迫不及待地去看医生。

经过仔细检查，医生确信无疑，笑容可掬地告诉她："祝贺您，您梦想成真了。"莫妮卡满面春风，恨不得在办公室里翩翩起舞。预产期是在 11 月的第一周，医生甚至说确切的日子是在 3 号前后。

接下来的事情便是张罗各项准备工作，除了在报纸上发公告以外，夫妻俩什么都想到了。理查德开始收拾婴儿房和准备婴儿床，莫妮卡则试着想象宝贝漂亮的小脸蛋，她觉得他正在自己肚子里一天天长大。

“我听不到婴儿的心跳，这件事让我格外不安。”在第三次产前检查时，医生疑惑地对未来的母亲说。半个小时以后，检验结果出来了。血液化验表明莫妮卡没有受孕，她真想当着医生的面大哭一场。

“您这是妊娠臆想症。”医生进一步对她解释：“您的意识过于渴望怀孕，结果您的身体也就信以为真了。”

美好愿望化成泡影，迈克尔也好，米莎尔也罢，他们终究成了过眼烟云。尽管理查德和莫妮卡不能把他或她送去墓地，他们还是在心中为孩子举行了葬礼。

八年光阴一晃而过。在这段漫长的时间里，莫妮卡又多次接受孕检。在亲人们的祝福和朋友们的关切下，他们始终没有放弃建立起有子女的完整家庭的热切企盼。在他人有意无意谈及孩子这一敏感话题时，莫妮卡心中不由得升起一种莫名的惆怅。在她强作欢颜时，内心的痛苦却在不断地堆积。

接踵而来的是一回又一回的检测，一次又一次的问诊，夫妻俩常常食不知味，夜不能寐。然而结果总是两个字：否定。他们求子的希望看来是越来越渺茫了。

夫妻俩全身地投入到各自的工作中，理查德忙于教学，莫妮卡忙于撰稿。渐渐地，他们不约而同地产生出一个想法：

为什么不可以认养一个孩子呢？于是，他们报名参加了一期“等候领养的父母培训班”。

当莫妮卡第一次走进培训班的课堂时，她惊讶地发现课室里坐满了心情忐忑的年轻夫妇。这会使梦想变成现实吗？莫妮卡不敢抱有奢望，可是理查德却在对她悄悄耳语：

“这是我们唯一的机会了。”

于是，他们开始按部就班地学习，进一步了解领养孩子的要求和手续。每周一晚上，人们还参加例行的讨论会，大家在一起憧憬未来的欢乐，设想可能面临的考验。不言而喻，让孩子如何能接受他们，怎样使孩子适应新的环境，是这些人谈论得最多的内容。

新的计划彻底改变了理查德和莫妮卡的生活轨迹，使他们又一次陷入极度的亢奋中，一连串的问题在他们的脑海里不断涌现，孩子什么时候到来？他会在什么状态下到来？他们或孩子究竟需要多少时间，才能彼此建立起亲密的关系？这个将被认领的孩子，长得会像他们想象中的那个亲生孩子吗？

夫妻俩又一次精心收拾房间，为将要到来的孩子做好准备，不过，他们现在并不知道他是个婴儿，还是更大一点儿的小家伙，他们只是觉得获知的信息确实太少了。尽管目前毫无头绪，莫妮卡仍是忙个不迭地买回奶粉、奶瓶、洗澡液，外加一堆育儿指南。她也经常坐在婴童房的地板上，这个房间的墙壁被刷成奶油黄的亮色，给人以无限温暖的感觉。莫妮卡仿佛看到孩子正在那里休憩或嬉戏，他的四周摆放着各种绒毛动物玩具。即使是在睡梦中，孩子的小手仍然抓着她的大手不放。

终于，在 11 月 3 号这一天，莫妮卡等来了企盼已久的电话，他们的生活从此发生了翻天覆地的变化。

“莫妮卡，你需要什么特殊的圣诞礼物吗?”打来电话的是领养机构的负责人凯蒂，多次接触已经使她们成为好朋友了。

从她那心照不宣的话语中，未来的妈妈似乎清楚地看到了对方脸上堆满微笑。莫妮卡紧握着电话筒，兴奋不已地告诉好友：

“是的，我当然要。”

“听着，是件天大的喜事，是上帝送给你的最好礼物。”

凯蒂告诉莫妮卡，一个八个月大的小姑娘就要来到她的身边。一个小姑娘，小宝贝，小心肝，小天使！她简直不敢相信自己的耳朵。她使劲地掐着自己左手的手腕，以便确信没有产生幻觉或错觉。

“小姑娘叫米莎尔。你中意这个名字吗?”

天哪！米莎尔！这个名字太让莫妮卡喜出望外了。八年前，这个梦寐以求的名字就在她的耳边终日回响。与此同时，另一个意想不到的巧合也使莫妮卡万分激动。“11 月 3 号”，这不正是她最早进行孕检时，妇产科医生告诉她的可能的预产日期吗？如果不错的话，现在的这个小米莎尔，不就是八年前使她饱受折磨的那个小米莎尔的转世、再生吗？此时此刻，莫妮卡真切地感到自己已把小天使抱在怀中了。

两周以后，经过三天的跋涉，莫妮卡和理查德终于来到了小姑娘身边。莫妮卡目不转睛地望着小米莎尔，乖巧的孩子同样微笑着望着她，并且张开了双手等候妈妈的热吻和拥抱。莫妮卡不顾一切地抱起她，在她那粉红色、胖嘟嘟的小脸上亲个不停。她闻到了孩子身上特有的奶香，这种气味就像含苞待放的玫瑰一样令人陶醉。

11 月 23 日，米莎尔正式进入了这个家庭，也走进了莫妮卡的心坎。从此，有了新生命的这个新家庭充满了明媚的阳光和欢乐的笑声。米莎尔现在四岁了，她非常喜欢听自己如何被领养的故事，尽管还不完全理解事情的前因后果、来龙去脉，知道自己被等待、被钟爱这一点，对她来说就已经足够了。

莫妮卡和理查德如愿以偿。他们终于看到属于自己的孩子来到身边和他们朝夕相伴。终日听着稚嫩而甜蜜的声音，不停地叫唤着“妈妈”“爸爸”时，他们觉得往昔付出的一切得到了最好的回报。

19

卡罗琳的生命印迹

卡罗琳是泰蕾的老母亲，她在欢度八十大寿的那一天寿终正寝。在此之前，她的身体十分健硕，精力也异常旺盛。因此，当她端坐在客厅的靠椅上，接受满堂宾客的祝贺，平静而安详地闭上双眼时，人们对她的无疾而终，既感到惊异又觉得欣慰。

泰蕾无法接受这个突如其来的残酷事实。在此后的时间里，慈母的离世使她痛彻心扉，万念俱灰，但她不得不尽力保持生活下去的勇气。

在泰蕾看来，卡罗琳是一个奇特且不乏激情的女人，她坚毅而忠诚，同时饱含恻悯之心。卡罗琳在世时，曾和妹妹范妮一起倾注三十年的时光，共同为女学生们精心组织夏令营活动。看到她们在快乐的环境中无忧无虑地成长，对她来说这是莫大的幸福。

卡罗琳结婚很晚，婚姻生活也不尽如人意。离婚以后，她独自抚养两个女儿，这多少使她能够忘记烦恼和痛苦。她常对泰蕾和幼女海瑟说：

“你们在祈祷时，千万要弄清楚自己到底需要什么。我从来只为孩子们祝福，在我的心里没有男人的位置。”

在老母亲八十华诞到来之前的一个月，姐妹俩就开始筹划如何庆祝这一重大节日。

“与其在 10 月份庆贺，不如把这个活动推迟到 12 月，那时大家在新英格兰相聚该有多好！”

对于泰蕾的建议，海瑟表示完全赞同。于是，从 9 月份起，她们就开始发出邀请函，请柬的正面是一张卡罗琳年轻时的照片，旁边的附言上写着：

“在这个可爱的小姑娘身上究竟发生了什么？她曾经拥有美好的青春年华。啊，甜美而恬静的小妞！”

在请柬的背面，贴着一张老态龙钟、笑容可掬的卡罗琳的近照，附言上则写着：

“如果您渴望目睹她的尊容，请来参加她八十华诞的盛典！”

10 月 26 日是卡罗琳的八十生辰。这一天，海瑟给妈妈寄去了镶嵌有她出生时日标志的戒指，这令她为之动容。泰蕾为母亲准备了两个礼物，一个是一块表面上字盘很大的手表，这种表是专为视力不佳的老年人特制的。另一个是一件高领的中式女上装，那是泰蕾在中国旅游时特意为老人选购的。这件鲜艳夺目的红色外衣寓意着吉祥如意，充盈着中国文化色彩。老太太对它爱不释手，她喜不自禁地说：

“我一定要在生日那天美滋滋地穿上它！”

10月和11月很快地过去了，12月20日越来越近。海瑟和她全家乘飞机自她居住的佛罗里达来到泰蕾家。老寿星的寿诞盛典将在这里举行。这天一大早，姐妹俩和她们的家人全都忙碌起来。他们擦拭传统色彩的银餐具，洗涤现代风格的玻璃杯，准备口味不同的各种饮料。前一天晚上下了一场大雪，为大地披上了一层银装，使节庆活动更增添了一种圣洁而庄严的韵味。

将近下午两点时，海瑟给住在附近的卡罗琳打去电话，告知她泰蕾这就过去接她。老女人激动不已地对她说：

“我觉得自己就像一个新嫁娘！”

实际上，当她穿上那身红色的高领上装时，她心里不禁在想：一个待嫁的中国新娘的装扮，一定会是自己现在的模样吧！

一来到泰蕾家，刚刚步入大厅，早在此等候的众多宾客，便用热烈的掌声欢迎她的光临。

“失敬了！失敬了！”

老寿星面带羞涩，向众人频频点头，同时又不断举手表示谢意，那动作既含有谦虚又略带激动。

接着便是切寿诞蛋糕的神圣时刻。大家全都来到客厅里，齐声为她颂唱《祝您生日快乐》。在大家举杯庆贺、分食蛋糕时，泰蕾为宾客们宣读了两份珍贵的资料，它们是不久前卡罗琳和泰蕾在老人住宅的办公桌抽屉里找到的。这些遗物是卡罗琳的爸爸(也是众人的外公或外曾祖父)留下的，他辞世至今已有三十载了。

第一份历史资料是一摞尘封已久的泛黄信封，每个信封上都写着密实而精细的男人字痕：《卡罗琳的生命印迹》。每个信封里装有一张五美元的纸币，上面标记着卡罗琳生命最初阶段的重要时刻。第一张上面写的是："学会了爬行、走路和用勺子吃饭。"第二张写着"开始上学"。如此，等等，不一而足。

第二份资料是一封信件，那是在卡罗琳上大学以后，二十岁生日前夕，爸爸写下的：

"二十岁是多么令人心旷神怡的年龄啊！在你这个年龄，应该既充满希望，又饱含激情，这是年轻人本应具有的最可贵的两种品质。在我这个年龄，不再奢望仍有朝气，但我并不缺乏勇气。我这一生并无遗憾，因为我有一个像你这样出色的女儿……"

就在泰蕾声泪俱下地读着这封久违的书信时，人们发现卡罗琳也是泣不成声。大家一次次为老寿星举杯庆贺，这时渐渐平静的老人轻声地对一旁的女儿说：

“海瑟，你的感觉是不是和我一样？你的外公就在我们身边，仍然和我们在一起！”

卡罗琳的感觉似乎并没有错。20分钟以后，她便离开了大家，和慈父相聚去了。那时，她仍坐在客厅里的沙发上，那上面罩着她最喜欢的暖色沙发罩布。她的膝盖上还摆着盛有甜食的小盘子，不过她已经永远地合上了双眼，她的离去是那样从容和优雅。

在卡罗琳作古的第二年，泰蕾仍然心有余悸和惶恐不安。她总是想象着亲人们会在自己的眼前突然离去。在次年4月的一个阴雨天气里，泰蕾带上三个孩子第一次去了卡罗琳的墓地。那时，草地还没有转绿，地上还有初春冰融后的一摊积水。

泰蕾和孩子们在墓碑前坐了下来，伫留良久，他们为命中注定的家庭不幸纷纷落泪，思绪万千。后来，为了驱除头脑中尚存的阴影，他们便去了一个大型的商业中心，那里有一处许愿泉，母亲和孩子都投进了几枚硬币。

“我祝外婆在天国永远幸福！”九岁的大女儿首先说。

“我知道外婆享受幸福，我希望她保佑我们同样幸福！”刚上小学的二女儿接着说。

“我把硬币扔进黑水里了。”三岁的小儿子只是这样嘟囔了一句。

时光飞快地流逝，人们的痛苦在一点点被遗忘。与此同时，泰蕾慢慢地感到，卡罗琳在去世前几个月对她所说过的话，又在她的脑海里重现了。那时，母女俩经常在电话里海阔天空地闲聊。突然间，秦蕾觉得妈妈的语气不同往常，谈话的内容也为之一变："泰蕾，你真好，对别人是那样关心。你就像一缕阳光照进了人们的心田。你和海瑟，你们姐妹俩是这样充满活力……"

泰蕾不等妈妈把话说完，就急忙打断了她：

"妈妈！你所描述的这个人不应该是我，那是你自己！"

在泰蕾看来，这个秋天，卡罗琳仿佛试图在把本人的一切美好品德移植到孩子们身上，她尝试着告诉她们自己用毕生精力建构起来的各种价值。她留给泰蕾的空虚和缺失欲走还留，仍在那里。不过，女儿知道，现在她已能正视现实，而不像最初的时日那样，感到眩晕和恐惧。渐渐地，泰蕾也理解了《卡罗琳的生命印迹》的真正内涵。她的生命是那样光芒四射，她的印迹是那样清晰可见。她留给孩子们的最大遗产就是把爱洒向人间，让爱拥抱未来。

母亲去世以后，泰蕾一直戴着那块大字表盘的手表，并且喜欢向别人讲述妈妈常给她讲的那些故事。越来越多的人对泰蕾说："现在你更像你妈妈了。"

不管死神何时光临人间，不管亲人怎样一个接一个地离去，活着的人仍然必须直面人生。泰蕾知道，把她带到人世间来的那个女人就在离自己不远的地方。她就在自己周围，就在自己身上。她也在孙子辈们不经意的一眨眼的眼神中，她甚至出现在泰蕾每天随身携带的小镜子里。卡罗琳的基因无处不在，世代相续。

20

凯蒂走了以后

2004年6月的一个清晨，娜塔莉来到女儿凯蒂的卧室。她芳龄23岁，正蜷曲着身子熟睡在一张乳白色的铁床上。妈妈站在床边，欣赏着女儿漂亮的面庞和她一头环状的卷发。她想，如果不幸降临在这个孩子身上，自己恐怕一天也多活不下去。

飞来横祸

五个月之后，一场车祸不期而至。那一天，凯蒂驾着一辆本田小轿车去上课，她是一所中学的英语教师，任职刚好满一年。然而，一个有着吸食鸦片和可卡因史的中年男子，当天由于吸毒过量，在急速转弯时未踩刹车，失控撞上了正常行驶的凯蒂。刹那间，花季少女命丧黄泉。

噩耗传来，娜塔莉悲痛欲绝，顿时就昏死过去。一天一天，又一天，她觉得生不如死，度日如年。

在凯蒂去世一周年时，她给女儿写了一封长信。当时她的丈夫史迪夫正在乡间度假小屋修砌一堵纪念墙。娜塔莉原想把这封信烧掉，再将灰烬置入墙体内，作为对女儿的永恒纪念。最后一分钟，她想到留下一份复印件。然后，每一年她会续写新的信函，记录下身边发生的一切，包括出生与死亡、结婚与离异、慈爱与失望，这种反映日常琐事的编年史录，可以使身在异境的女儿感知人间生活，也能寄托母亲的一片哀思。

在这一封寄往天国的信函中，娜塔莉写道："创伤无法痊愈，希望全然渺茫。没有任何可发光的东西留在记忆中。"

娜塔莉的心血没有白费。九年之后，她写给凯蒂的书信已有一摞。她将它们改写成纪念文章，并且保留了原信的部分片断。她希望自己的切身经历能有助于他人，使那些有失亲之痛的人战胜自我，找到希望。这样，凯蒂的生命就能以另一种方式延续，这也将是她献给女儿的最好礼物。

面对缺失

我们常用"神奇"两个字来形容你，然而你并不是圣人。你为人正直，性格开朗，待人接物都有自己的是非标准。不过，你施

予爱和获得爱的非凡能力，你从日常琐事中发现美揭示美的非凡能力，你在不同场合和各种时刻给大家带来喜悦和欢乐的非凡能力……却是那样的“神奇”。我喜爱你动人的外表，更喜欢你美好的心灵。你的内在魅力之于我，乃是最不可缺失的东西。

——2005 年 7 月

从各种角度看，失去孩子的第二年和第三年，对于父母来说都比第一年还要难以度过。当孩子离你而去时，打击是那样剧烈，以至于你会处于一种情感麻木和精神崩溃的状态。假以时日，这种不正常的状态才会一点点淡化和消失。

但是，在最初阶段，刻意保持一种表面上的常态，要求你时时刻刻必须具有自我克制力，这一点并不容易做到。娜塔莉常在不为人知的情况下，佯装去森林里散步，实际上是为了能跟凯蒂讲话，并在那里大哭一场。一天晚上，一对夫妻来娜塔莉家做客。其间，那位父亲接到儿子的电话，由于暂时不能离开，便答应第二天会去学校看望他。娜塔莉触景生情，连忙赶往盥洗间，她在那里拭去泪水，重新补好妆，然后再强作欢颜地出来和友人搭讪。

娜塔莉是一名大学教授，曾经参与一项有关失亲者心理状况的社会调查工作。研究者一致认为缺失感是失亲之痛最可怕的征候。缺失就是现实，这种感觉在头两年尤其显著。人们常把注意力集中在丧偶、丧父或丧母上，在娜塔莉看来，丧失子女的悲痛才具有最大的杀伤力。令人不解的是，在最初的几年，娜塔莉使自己获得稍许放松的唯一方式，便是在户外长久活动之后，跳进灌满冷水的浴缸里。冰凉的感觉会驱逐一切烦恼，包括忧伤、痛苦、愤怒，乃至缺失感。只有在这个时候，她才会在近乎麻木的状态下忘却过去，获得平静。

艰难岁月

显而易见，我最需要的是一种力量，它能使我看到比忧伤更远的东西，能使我不再苛刻地去评价他人。我越来越能够接受人们的本真，我在他们面前变得越来越勇敢。我将竭尽全力地去关注，怎样才能让自己对你的回忆保存得更加鲜活。

——2007年7月

凯蒂去世半年之后，史迪夫接到了一位纽约友人的电话，他们有十年没有联系了。这位朋友在获知其女不幸夭亡后，立刻乘飞机赶到印第安纳州来同史迪夫会面，以表达他们夫妇的哀悼之情。对于处于悲痛中的史迪夫和娜塔莉来说，这种支持完全符合天意和人意。

坦率地说，他们也主动中断了和另外一些朋友的联系。娜塔莉的一位同窗父亲患了前列腺癌，手术十分成功。她打电话告诉娜塔莉，是上帝指引着那位外科医生，让他有了起死回生的能力。言外之意似乎是上帝忘记指引那位肇事司机，才使她的女儿惨遭不测。这个电话实在使娜塔莉难以释怀。

当朋友们相聚一堂时，免不了会出现各种奇谈怪论。诸如："我知道你的感受，去年我的老父亲也不幸病故了。"丧父之痛不可避免，但一个青春年华的姑娘，怎么可以和一个年迈苍苍的老人相提并论？又如："我劝告孩子们，不要走凯蒂走过的那条路。"那条路有什么过错，凯蒂又有什么过错？对于这些议论，娜塔莉不是嗤之以鼻，就是愤愤不平。

面对着这一切，娜塔莉不得不提醒自己进行调节，因为很难区分哪些人是真心实意表示同情，给予支持，哪些人又是不善言辞，过于饶舌。作为当事人，她不能要求大家统一情绪归向或情感同化。但是，这对夫妇对那些真诚帮助他们度过艰难时刻的那些新、老朋友，时时刻刻都怀着感恩之情。其中一位史迪夫的故友，在凯蒂去世之后的整整一年时间里，每天中午都载上他去他最爱光顾的餐厅里就餐。另一位律师朋友，一直张罗着替他们打官司，为凯蒂伸张正义，直至犯罪者被绳之以法。

深情怀念

我们的生活总像是悬在半空中。你爸爸和我每天心情都十分沉

重。我知道这并不是你希望看到的。我试图为自己的生活增添一些新的内容……人们欣慰地看到我们正在走出阴影，他们对我们的勇气表示敬意。

在你生活的短暂二十四年里，你感动了许多人，他们至今并没有忘记你，这使我们感到无限欣慰。我向你保证：在我的有生之年，你会永远活在我的心间。你的美丽容颜将会是我眼里的永恒形象，直至我的最后一息。

——2010 年 7 月

在凯蒂去世之后，娜塔莉以为她的朋友、同事，甚至素不相识的人，都能猜想得到她的精神状况，知道怎样关心她、支持她。她尤其想到了凯蒂生前的挚友，指望她们能填补自己的空虚。她们都已年届而立之年，大部分已经或将要成家立业。她们中有人邀请娜塔莉参加自己的婚礼，有的甚至用凯蒂作为孩子的名字，娜塔莉经常给她们写信，或在她们及孩子的生日时寄去贺卡。她想在收到它们时，她们自然也会回忆起凯蒂。

2009 年时，娜塔莉和史迪夫曾经在家中组织过一次聚会。在这个纪念性活动中，他们播放了和凯蒂有关的网上视频。活动的内容由女儿的朋友们搜集和制作，经费则由史迪夫一家提供。在参加这次活动的朋友中有两个来自欧洲，他们的专程来访令娜塔莉十分感动。这对夫妇曾是凯蒂的同班同学，他们带来了刚满周岁的女儿。娜塔莉把小天使抱在怀里轻轻摇晃，她分不清这个小宝贝究竟像她的父母，还是长得像凯蒂。不妨说，她就是童年时代女儿的化身。

对凯蒂的朝思暮想有时也会化为神奇。有一天，在夜深人静时，电话铃声突然响了起来。当娜塔莉拿起话筒时，她分明清晰而真切地听到了女儿的声音。“这里是科米斯基家。我是凯蒂。请问你们找谁?”这绝不是幻觉，而是她家里的电话应答机录下了当年凯蒂的话语。显然，那时由于某种并不清楚的原因，电话一时出现了故障，而楼下的电话通过中继线路录下了这段语音，只不过现在机缘巧合，它又被回放了出来。娜塔莉双手祈祷，感谢上苍赐给了她这个千载难逢的机会。她知道自己生活在没有女儿陪伴的现实世界，她会把女儿永远珍藏在心里。

希望之光

这一年，我们结识了一些新朋友，他们陆续失去了自己的孩子。尽管我们承受伤痛重压的时间比他们要长，但这些人都以不同的方式给我们带来了温暖。这些普通人给了我无形的力量，我同样要记录下他们，不让自己把他们忘却。

——2010年7月

在很长一段时间里，我们和一些伤痛之家的父母，所保持的只是断断续续的交往，通常大家只是打个电话或短暂访问而已。但是这种情况因一次新的聚会而发生了改变。

一天，一对他们相识多年的朋友夫妇，邀请他们参加一次极不寻常的聚会。这对夫妇20岁的女儿也曾因车祸而失去生命。出席活动的另外四对夫妻也有和他们类似的经历。从此，这个小小的“命运共同体”建立起来了。表面上看，这个小团体似乎并不十分协调，因为他们的信仰完全不同，有基督教徒、天主教徒和无神论者，他们所从事的职业也迥然相异，有教师、律师、企管人员和经纪人。然而，一根强大的纽带把他们紧密地联系在一起，那就是他们失去的孩子，不是花季少女，就是英俊少年。

这些家长每月的最后一个周末相聚在一起，活动由六个家庭轮流组织。他们的相处和谐而自然，彼此间毫无顾忌。无论是什么话题或什么活动，他们都无需提防对方，也不用担心伤及无辜。

尽管这个小团体的最初成员始终没有发生变化，但这并不妨碍他们扩大规模，不断吸收新的丧亲人员加入原有的队伍。对于这些“新会员”，“老会员”从不尝试让他们产生不切实际的想法，只是提示他们要学会自我调节，自我减压，同时在让他们分担本人的悲伤时，也学会分担对方的痛苦。一句话，在这个新的大家庭里，大家的关系不是同事朋友，而是兄弟姐妹，希望之光正在他们的心头冉冉升起。

心灵慰藉

我终于鼓起勇气打开你的全部衣箱，把里面的衣服重新洗涤、烘干，再把它们一件件在衣橱里挂好。我在做这一切时，不经意间发现这些衣物上竟然保存着你身上的气息。我明白，不再能看见你，听见你，抚摸你，但我依然可以闻到你的芳香，感受到你的存在。这是多么美妙和神奇啊！

——2011 年 7 月

起初，父母对失去的子女的怀念往往表现在细枝末节上。每晚睡觉时，娜塔莉总会抱起凯蒂去世前不久亲手缝制的布娃娃，而史迪夫则在卧室的床头柜上摆放着一件贝雕，那是女儿在他们结婚十五周年时送给他们的礼物。娜塔莉在 21 世纪之初曾买了一辆丰田轿车，后来这辆车她一直开了十年之久，行驶达 27 万公里。她之所以舍不得更换，是因为凯蒂生前特别喜欢乘坐这辆车子。

有时，娜塔莉会打开一两只凯蒂的衣箱，取出一件毛衣或一条裙子穿在身上。在她思念女儿时，甚至会把头埋进衣箱里，希望从中吸吮到凯蒂身上的气息。

在 2011 年 5 月的一个温暖的下午，娜塔莉决定打开尘封了六年半之久的凯蒂全部的衣箱，让它们结束暗无天日的生活，重新呼吸空气，接触阳光。在取出箱内的衣服时，一个回忆接着另一个回忆，从娜塔莉的脑海中跳了出来。这件玫瑰色长裙是女儿作为教师，第一次走上讲台时的穿着；那件米色的亚麻衫是她过生日时爸爸为她买的礼物……从鲜艳的花格衬衣到浅绿色的高领毛衣，从宝石蓝的牛仔长裤到浅咖啡色的西装套裙，娜塔莉把它们分别洗好、烘干、熨平，然后一件件挂到衣橱里，并且在口袋里装入熏衣草香囊。

娜塔莉知道有些人忌讳洗涤死去的孩子的衣物，他们会认为这种奇特的举动是一种不祥之兆。可是，当这位伟大的母亲在忙碌了整整一个下午之后，她的感觉完全相反，她觉得自己和女儿在一起，凯蒂的音容笑貌就在眼前，她的心灵得到了慰藉，是世界上最幸福的女人。

面向未来

当我在镜子里举目自盼时，我会不禁猜想，看到我这一举止，你会想些什么，说些什么。你觉得我变老了吗？你会认为我行为唐突吗？我知道，你会为我的勇敢感到自豪，同时也会对我缺少耐心感到失望。不过，不管怎么说，我们俩都进步了。

——2013 年 7 月

在凯蒂遇难之前，娜塔莉曾为她买过一个曼陀林。此外，在史迪夫退休时，同事们也送给他一把吉他作为纪念。由于这对夫妇并不擅长音乐，这两种乐器已经闲置数年了。一天，他们决定学习使用它们，这是一个转折点。很显然，他们不是为过去或现在而进行尝试，他们着眼的是未来，这是一种新的思考方式和生活方式。

出于同样的目的，另外一些丧亲者也开始效仿史迪夫和娜塔莉。于是他们组成了一个音乐小组，在一位音乐老师的指导下，学习弹奏不同的乐器，他们缺乏才能和技巧，但都不缺少热情和信心，因为从某种意义上说，这是一种潜在意识的苏醒。

除此而外，作为一名大学教授，娜塔莉把更多的精力用在教学上，她将此视为一种行之有效的自救方法。教学活动使她同样想到了女儿。凯蒂从教的时间虽然仅有一年，但她的负责精神感染了全班同学，至今仍使他们念念不忘。娜塔莉对工作孜孜不倦，她把每一堂课的成功都看成是对女儿的纪念，她觉得母女俩是教学战线上并肩战斗的战友。

史迪夫则把全部精力放在了度假木屋旁纪念墙的修建上。九年间，他收集了总重达三十吨的石料和其他建筑材料。有些珍贵物品是由友人馈赠的，其中包括许多国家的硬币、中国长城边的瓦砾片、法国诺曼底的砂石以及南极的卵石，它们同凯蒂的一部分骨灰一道被砌进了墙体。娜塔莉和史迪夫表示，百年之后，他们的骨灰也将在那里与女儿会合在一起。

两年前，他们的儿子，凯蒂的弟弟达尼埃尔结婚生子，娜塔莉在晚年将临时当上了奶奶。孙子的出世使她对未来更加充满憧憬，两位老人决定要在度假的海边木屋旁，再为小孙子修建另一座小木屋，这样他们以后再也不会感到孤单。

前行之路

岁月更替，时光荏苒。在凯蒂辞世十周年之际，娜塔莉欣慰地发现自己正在逐渐远离误区。她为之付出了巨大代价，但也收获到了放松和解脱。她更注意倾听他人、关爱对方。她知道一个微不足道的手势，一句再也普通不过的鼓励，都可能转化成强大的精神力量。

在凯蒂的墓园前，在度假木屋的纪念墙边，娜塔莉摆放起凯蒂生前喜爱的花束。她轻声地告诉女儿，夜莺还在黄昏中歌唱，炊烟还在朝霞中升起，她的侄子已经能够咿呀学语，蹒跚走路，未来的生活肯定更加美好。

自然，悲伤和缺失不会轻易地离她远去，他们的日子也会时好时坏。但是，无论如何，娜塔莉已经摆脱了失去女儿的恐惧情绪，她已不再戴着有色眼镜审视世界。她知道，路在远方，路在脚下。

娜塔莉是生活的强者，也是一位智性的妇女，她爱把生活比喻成一种光反射游戏，有时镜面上的光束相当活跃，有时部分光束又会逃逸。她清楚地看到，凯蒂在世时，身上曾有一层光环笼罩。她相信从今往后，无论她到哪里，无论她做什么，一股熹微的闪光也将永远在她的心头闪烁。

三

爱是最神奇的一种力量，它强大得足以瞬间改变一切，能提供任何物质财富无法给予你的更多欢乐。

——[法]德·安然利斯

21

萋萋芳草情

躺在一片翠玉色、刚被剪割过的草地上，该是多么令人心旷神怡！散发着新鲜、湿润气息的茂密青草，足以令安琪尔回想起自己的童年岁月。那时，她常和父亲一道，躺卧在这萋萋芳草上，喜爱凝神眺望蔚蓝色的万里晴空。有时，天空中会堆积起团团白云，它们变幻莫测，气象万千。这时，爸爸会轻声告诉女儿：这片云酷似奔马，那片云恰如巨轮，那些稍纵即逝的浮云，就是脍炙人口的海市蜃楼。白天，传入他们耳鼓的是阵阵蝉声。夜晚，在他们身边奏响的是此起彼伏的虫鸣。在这对父女心中，夏季最美的音乐莫过于此。即使是在酷热难当的盛夏季节，原野上温馨的芳草，给他们带来的总是惬意的凉爽。

是的，当安琪尔联想起童年时代的夏日时，在她脑海里涌现的除了难以释怀的芳草，还有令人垂涎的西瓜和冰淇凌，那曾是父亲经常为她准备的消暑佳品。然而，随着爸爸的悄然辞世，这一切也就成了过眼云烟。

父亲是在世纪之交2001年8月24日离去的。那时安琪尔刚满十岁，他被确诊为癌症晚期，但对爱女却只字不提，因为他不愿错失和独生女儿在一起的最后几周宝贵时光，不过，小姑娘还是发现了一些蛛丝马迹。有时，她看到爸爸大汗淋漓，有时也发现爸爸疼得直不起腰。每逢如此，她不是给他递去湿巾，端来凉水，就是搀扶他坐到靠椅上歇息片刻。此时无声胜有声，爸爸回谢她的虽是会心的微笑，而女儿却总能揣测其中苦涩的滋味。

直到长大成人，安琪尔一直都没有搞明白，和她始终相依为命，世上唯一与她亲近的这个人，为什么要刻意隐瞒真实病情，对此她甚至有些耿耿于怀，不愿完全原谅生身父亲。

一天，坐在老父昔日的办公室里，安琪尔又一次陷入了沉思。无意间，她慢慢拉开略显斑驳的书桌的最后一格抽屉，从中取出一叠早已被人遗忘的陈旧材料。在她轻轻翻动它们时，一个包着黑皮封面的活页夹顿时映入她的眼帘，那里面只有熟悉笔迹写下的一篇短笺。安琪尔的心狂跳不已。她屏住呼吸，全神贯注地读了起来：

2001年2月26日

至今我仍未把这个不幸消息告诉我的女神。每当我看到她那双炯炯有神的漂亮眼睛时，实在找不出适当的语言平静地对她说出一切。我知道，最舍不得、放不下我的人是安琪尔；我也知道，缺少我的关心与照料，她会无比痛苦和失落。我们是那么相像。要是我能看着她健康成长该有多好！愿日后我的在天之灵能保佑她永远快乐。我是多么希望，在这个将使我们永远分离的炎炎夏季，能再一次和亲爱的女儿，躺到那片茂密而柔软的草地上，白天陪她看流云，晚上陪她数星星，再一次侧耳静听蝉叫虫鸣！我能等到这一天吗？……

安琪尔缓缓地合上了活页夹，不忍继续再读下去。她不由自主地流下两行热泪。究其缘由，一部分是出于悲恸，一部分则是感到幸福。就在这时，两根干枯的草秸从活页夹中掉落下来，恰好落在她的手心里，安琪尔再一次闻到了那久违的浓郁的萋萋芳草香。她恍然大悟：谁曾是自己的父亲无关紧要，重要的是这个亲人始终与她不离不弃。

22

心形巧克力糖盒

形形色色的巧克力糖盒静静地躺在商店的橱窗里，哈丽雅特注视这一场景有多长时间了？她快速地掐指推算，不多不少有15年，然而，在她心里，这一切恍如昨日，她的爸爸仿佛还在给自己钟爱的每个孩子分发巧克力糖盒。

情人节是哈丽雅特的爸爸霍华德最喜欢的节日。从哈丽雅特能够记事的时候起，霍华德就已经在张罗与这个节日有关的准备活动，其中最重要的就是给每个孩子和妻子分发一个心形巧克力糖盒，里面各装有八颗糖。妈妈收到的糖盒要更大一些，那上面饰有一枝塑料玫瑰花。

8岁时，哈丽雅特曾经问过妈妈，为什么爸爸给年龄最小的妹妹也送一盒巧克力，而她年龄小得根本不能吃糖果。妈妈告诉她，这是爸爸的传统惯例，每个孩子在情人节时，无一例外地都会收到这份礼物，这同年龄大小没有关系。他知道女儿还不能吃糖，他只希望她也能收到自己的心意。

那个时候，孩子们都知道，在情人节这一天一定要好好表现。他们焦急地等待霍华德下班回来。门铃一响，孩子们就会列队在门口守候，像一队神采奕奕的小卫兵。这时爸爸就会向他们招手致意，并且为小战士们一一分发纪念品。

在不同的年龄段，这个巧克力小糖盒，在孩子们的心里，反应并不完全相同。上小学时，大家放学后急着赶回家，满心欢喜地等着爸爸分发糖果。刚上中学时，哈丽雅特和姐姐对情人节这种惯例，多少已有些感到不太自在，不过她们还是心怀感激地接过爸爸准备的礼物。

中学毕业后，哈丽雅特便认为，情人节这天，再跑到门口等候爸爸分发糖果，实在有些不好意思了。尤其是带着男友回家时，让他看到爸爸的这个传统惯例该会多么尴尬。然而，在没有男友在场的情况下，哈丽雅特还是乐于看到爸爸守候在家里，等着送给她专门的小礼物。

逐渐长大以后，哈丽雅特和她的姐姐便认为，摆脱这种仪典的最好方式，便是尽快地搬出这个家。姐姐是最早结婚的，自然第一个把愿望变成了现实。不过，她们的想法全错了。又一个情人节来临时，姐姐还是一如既往地收到巧克力糖盒。确切地说，应该是小糖盒仍在家里等着姐姐，是她念念不忘这个纪念品，特意回来取走它的。

随后，孩子们一个个长大成人，纷纷离开了父母。不过，每个人都心照不宣，会在情人节这天回到他们身边，享受这份仪典带给自己的快乐。妈妈去世以后，大家都以为这个传统惯例该会打破了。这一次又没有猜对。孩子们齐聚家里，度过第一个没有母亲的情人节时，包括已经 25 岁的哈丽雅特在内，出乎大家的意料，每个人还是收到了心形巧克力糖盒。

在霍华德有了第三代以后，他兴高采烈地为来到这个世界的小公民，同样准备了一份理所当然的见面礼，当然这个礼物要在情人节那天送出。

一年一年过去，传统依旧延续。在此期间，一个孩子举家搬迁到这个国家的西部。大家劝阻无效，霍华德还是让礼物在情人节那天，寄送到了远方的女儿和外孙手里。作为成年人，子女们终于打从心里接受了爸爸的传统惯例。他们知道，在任何时候，任何场合，自己都有可以信赖和依靠的爸爸。

突然间，一切全都改变了。这一天是情人节，也是长外孙行成人礼的日子，姐姐准备当晚在父亲家举办庆祝晚宴。霍华德因为要去玩九柱游戏，便提前分发了巧克力糖盒。

电视台发布了情人节有暴雪来袭的消息。哈丽雅特在结束下午的同学聚会后，驱车赶往父亲家。途中，她突然接到姐姐打来的电话，告知霍华德在玩九柱游戏时突发心肌梗塞，已被紧急送去医院。哈丽雅特闻讯一边艰难地在暴风雪中行进，一边祈祷父亲平安无事。当她赶到急诊室时，几乎全部亲人都到场了。两个小时过去，急诊室的大门终于打开。望着医生凝重的神色，大家一下子全都明白，霍华德已经离他们而去了。沉浸在无比悲痛中的哈丽雅特擦干泪水，她知道爸爸会感到欣慰，因为他选择辞世的这一天，是他最喜爱的节日——情人节。

父亲撒手人寰的头几年，大家都对情人节讳莫如深，那是他们心头难以忘却的一道伤痛。后来，随着心境平复，伤口愈合，人们又重新开始庆贺情人节。每年 2 月份，当哈丽雅特看到商店里摆放着的那些心形巧克力糖盒时，她会不由自主地想到，爸爸的传统永远活在他们的心里。

23

那天清晨

劳伦斯和丹妮弗带着他们的四个孩子，刚刚在密歇根湖畔结束两周的度假，现在全家就要打道回府了。劳伦斯正在忙着把旅游期间的各种生活用品打好包、装上车。这其中，孩子们的物品占了绝大部分，他们最大的不过九岁，最小的才只有三岁。为了避开高峰时段，他们不得不遗憾地早早出发。

时间迫在眉睫，刻不容缓。劳伦斯在费了很大劲才把行李全部塞进汽车后备箱里后，没有停下来歇歇脚、喘口气，便离开度假木屋赶往湖边，催促妻子和孩子们赶快回来立刻上路。当时丹妮弗正在清理度假屋四周沙滩上散落的垃圾。

“现在已经是六点半，到了出发的时间了。”劳伦斯接着又喊了一句：“孩子们在哪里?”

丹妮弗放下了扫帚，用手指着沙滩说：“我让他们去湖边的沙滩了，他们希望去和湖水告个别。”

劳伦斯无可奈何地摇了摇头，他担心自己精心安排的出行时间表会由于某种意想不到的麻烦而被打乱。他嘟嘟囔囔地自言自语：“要不是为了免遭路上堵车的尴尬，我们有什么必要这么早离开呢？”

不管怎么说，孩子们已经无比快乐地在湖边度过了半个月。他们和父母早、晚手拉手在沙滩上散步，拾贝壳和小螃蟹。白天，则和大人一起在湖里游泳，在湖畔造沙子城堡。不用说，孩子们的最爱，还是寻觅被他们称为“魔石”的五颜六色的小石子。今天，他们就要躺在汽车的后座上好好松弛一下，如果需要的话，闭起双眼睡上一觉也未尝不可。不过，劳伦斯没有这种福气，他必须独自开车谨慎行驶，他可要一连五六个小时持续开车哩！

在绵延数百米、起伏不平的沙丘下面，劳伦斯看见四个孩子正在沙滩上嬉戏，他们全都脱下了鞋袜，蹚着湖水，在欢笑中相互追逐。他们在湖浪拍打过来时便纵身跳起，试探着向前走去，看看到什么地方衣服才会被打湿。劳伦斯心想，要是孩子们想换衣服，他还真不知道他们的衣服被放在了后备箱的什么地方。

此刻，他装作一副教官模样，把双手放在嘴边做成喇叭状，想命令孩子们赶快上岸。不过，眼前的景象却使他无法开口责备他们，因为正在湖岸边冉冉升起的太阳，把一缕缕金色洒在每个人身上，在水中勾勒出四个活蹦乱跳的顽童的身影。对孩子们来说，只有这稍纵即逝的片刻时光，能使他们最后一次享受朝阳、碧水和蓝天赐予他们的欢乐。

劳伦斯越是瞭望眼前这幕激动人心的场面，他越能感受到心灵的强烈震撼，因为这一切是无法复制和再现的。不妨设想一下，十年过后，又一个十年过后，我们的生活会变成什么样子？人们还能享受眼前的这种幸福和美好么？当下唯一的现实，就是这一鲜活的瞬间：沙滩闪着金光，孩子们——劳伦斯的孩子们——的头发在晨光中跳动，他们的笑声和风声、浪声，完美而和谐地交织在一起……

劳伦斯不禁扪心自问："为什么我非要六点半钟准时出发？为什么我要大步流星地走出木屋，无缘无故地想去训斥孩子们？是自己思想僵化，固执己见？还是一想到要长途驾驶就心烦意乱，要在小家伙们身上出气？"

无论如何，没有什么绝对必要，非得在早晨六点半启程不可，即使一家人晚一个小时到达中途休息站，充其量也不过是错过了四位乐手的乐器合奏而已。劳伦斯恍然大悟，要是他不能成功地把孩子们年少时光的鲜活记忆留在脑海里，那他今后就难以和孩子们进行沟通，无法理解他们需要什么和珍爱什么了。

这时，站在水里的大女儿维多利亚对劳伦斯做起了手势，希望爸爸能够下来和他们一起嬉戏。接着，其他孩子也跟着挥起小手，招呼劳伦斯和珍妮弗前来分享他们的欢乐。这位父亲没有片刻犹豫，立刻跑进度假小木屋，然后又和孩子们的母亲一道，手挽手走了出来。随后，他们俩便飞奔着跑下沙丘，一边脱去鞋袜，一同蹚进了湖水中。

在水里，他们和孩子们边唱边笑，童心不泯的爸爸、妈妈甚至打赌，要比试一下看谁能比孩子们走得更远。珍妮弗用手牵起了裙脚，劳伦斯挽起了裤腿。后来，妈妈不小心一失足，大叫一声跌进了水里，不过她并没有忘记乘机把爸爸也拖下水。见到此情此景，孩子们笑得更开心了。

时到今日，每当劳伦斯回忆起当时年幼的孩子们，在水中的欢快笑声和欣喜神情时，他的心头总会为之一热。这种笑声和神情是那样纯真，这段时光是那样圣洁，它们把短暂化作了永恒。同样地，在当年的幼童成人以后，回忆起那个夏日，他们永远也不会忘记那个清晨，不会忘却差点儿被生生剥夺的欢乐时光。对于他们来说，这一切比任何东西都更为珍贵，值得珍惜。

24

一架小飞机

圣诞节到了，平安夜之后的上午令人充满期待。圣诞树下堆满了形形色色的礼物，大人和孩子都迫不及待地等待着打开它们，从中获得无穷的快乐和喜悦。

首先拆开礼物的总是孩子们，他们把五彩缤纷的包装纸扔了一地。那些藏在里面的节日礼物是他们的宝贵财富，这些心仪之物他们可能已经企盼了许久，肯定还会再令他们激动好一阵子。

现在该轮到大人们了。与躁动不安、翘首以待的孩子们不同，他们平静而安详地围坐在一起，一边聊着天，一边慢条斯理地解开包裹纸，不失尊严地和孩子们一道猜测，圣诞老人会给他们带来怎样的欣喜。

阿诺德的妻子和她的家族有个与众不同的传统，那就是在圣诞节到来时，馈赠寻开心的礼物，用以活跃节日气氛。

久而久之，人们对此已经习以为常。不过，这种做法常使阿诺德感到尴尬，他在当众打开包装纸，取出意想不到的馈赠品时，面对着众人的哈哈大笑，他会难堪得无地自容。

阿诺德的小女儿克利斯蒂刚满六岁，被他视为掌上明珠。在阿诺德漫不经心地拿起礼物准备拆封时，克利斯蒂就站在他的身边，脸上荡漾着幸福的笑容。她一件接着一件，用稚嫩的小手，忙着给爸爸帮忙。只剩下最后一件了，阿诺德不容置疑地确定，这一定是件搞笑的礼物。因为这类恶作剧性质且惹人发笑的活动不是会不会发生，而是什么时候出现的问题，他坚信这一推理不会出错。

于是，在众目睽睽之下，他硬着头皮，一层一层地撕开了礼物的包装纸，令他和大家惊异的是，最后一层纸包着的，竟然是一个只有五公分长的玩具小飞机！客厅里响起了一阵哄笑，就连他的妻子布朗达也露出了嘲讽的神情。阿诺德一时慌了神，便用自嘲的口吻对布朗达说："不就是一架小飞机吗？有什么值得奇怪的呀！"

话音刚落，妻子就向他投去责备的目光，这是在提醒他不够谨慎，说了不该说的话，因为他还不知道这件礼物出于何人之手哩！的确，按照常理，在打开礼物之前，人们通常要先看一看贴在礼物上的小纸片，那上面有馈赠人的姓名和祝福语。可是阿诺德偏偏疏忽了这一点。他不好意思地弯下身子，拾起了那张被遗忘的小条子。

"给爸爸，爱你。克利斯蒂。"

一行歪歪扭扭的字迹映入了阿诺德的眼帘。他知道自己犯下了不可原谅的错误，他感到这是自己一生中最大的耻辱。阿诺德羞愧地看到小女儿的脸色在一点点地变化，原先的欢快情绪一扫而光，目光里饱含着委屈和难过。她怎么也想不通自己满怀着希望，想给爸爸带去惊喜，而阿诺德的回应却是这样地反感和抵触。

这个可爱的孩子拿出平时的储蓄，她没有把钱花在自己身上，而是给爸爸买了圣诞礼物，这可不是异想天开，因为她看到过阿诺德玩模拟飞机飞行的电子游戏，便理所当然地认为爸爸是个"飞机迷"，这才特意为他选购了一个玩具飞机。

阿诺德明白解铃还需系铃人，他不乏知错必改的勇气。于是，他迅速蹲下身子，把克利斯蒂搂进怀里，他愿意为纠正错误付出任何代价。阿诺德先是试着解释说，自己原以为这是布朗达在跟他开玩笑，他并不想责怪妈妈或任何人。但他很快地意识到这种辩解过于苍白无力，很难补救对女儿心灵造成的伤害。于是，他决定用行动来证明，自己一如既往地爱着这个掌上明珠，他真心实意地喜欢女儿送给他的任何礼物。

阿诺德说到做到。他先把玩具飞机拿在手里，接着便模仿飞机起飞时发出的轰隆声。他学着飞机在跑道上滑行，又做出为飞机加油的动作。然后，他一跃而起，仿佛飞机真的起航了。

阿诺德的唯一使命就是消除女儿的痛苦，让微笑重新回到女儿脸上。他一整天几乎都在摆弄这架小飞机，让它和电脑上虚拟的飞机一样，灵活地旋转、俯冲、起飞、降落、完成各种高难度的飞行动作，仿佛克利斯蒂的小飞机就是一个具有高超本领的“小精灵”。

阿诺德的热情和真心不仅感化了女儿，而且感染了身边的所有孩子。他们纷纷丢下自己圣诞节得到的新玩具，吵着嚷着要玩这架只有五公分长的小飞机。此时的阿诺德心里乐开了花，他故意学着克利斯蒂的语气说：“不行，不行。这是我的！”

没过多少时间，小女儿的脸上又堆满了灿烂的笑容。

不过，阿诺德并没有止步于此。这架小飞机成了他一生中最宝贵的财富之一。它始终伴随着他，成为阿诺德永生难忘的回忆的一部分。这架只有五公分长的玩具飞机不仅体现着女儿发自内心的真爱，而且时刻提醒着他不要忽视语言的力量。

25

女儿学骑自行车

伯朗特有一个乖巧而懂事的女儿，她的名字叫埃米莉。看着小女孩渐渐长成亭亭玉立的大姑娘，父亲不禁想起12年前的一段经历，往事如烟，恍如昨日。

那一天，小埃米莉终于有了渴望已久的儿童自行车。它不是人们常见的那种三轮童车，而是只有两个轮子的那一种，这辆小自行车是庭院售物的硕果。这类庭院售物(或称车库售物)在北美屡见不鲜，是很好的互通有无的方式。它们只在周末举办，由住所人家拿出自身不需的家常用品廉价出售。这些用品摆满前庭后院，招揽各方来客，品种琳琅满目，访者各取所需。

这辆自行车是玫瑰色的，通体完好，锃光瓦亮。车子不高不矮，对埃米莉刚好合适。小姑娘喜不自禁，摸着它爱不释手。伯朗特付完款，便把这件女儿心仪之物放进后备箱，想尽快开车回家，打算让妻子好好欣赏自己淘来的这件宝贝。可是，小女孩并不这样想。她不愿马上回家，而是恨不得立刻跨上它，越早学会骑行越好。再说那一天风和日丽，对学骑车来说确实是再理想不过的天气。父亲架不住女儿的一再央求，便在附近人迹稀少的乡间公路旁停好车，并不情愿地搬下那辆光彩夺目的儿童自行车。

对于伯朗特来说，身为人父是件既令人欣慰又使人为难的事情。的确，养儿育女是一门高深的学问，人们常常顾此失彼，莫衷一是，心情喜忧参半，概莫能外。显而易见，做父母的都愿意看到孩子学会独立自主，但同时又希望孩子能依附自己，对他们放心不下。事实上，这正是育儿经的两分法。

伯朗特一时理不清纷乱的思绪，就自然而然地把目光转移到埃米莉身上，小姑娘早就叉开双腿，稳坐在新买的自行车上，她显得那样矮小，看上去心情忐忑。

“我可是第一次骑车，爸爸。你可得扶好我，千万不能撒手。”女儿一边对伯朗特招手，一边焦急地对他说。

埃米莉牙关紧闭，脸上红一阵白一阵的，一双胖乎乎的小手正紧紧地捏着车把。

“别紧张，没关系。你不会有危险的。”伯朗特微笑着回答，同时用一只手扶着车座，另一只手扶好车把。

“预备，出发!”随着一声令下，爸爸轻轻地推起自行车，让它在公路上缓缓前行。站在小车旁边的伯朗特刚想试着松开一只手，就听见女儿吓得大叫不止："别松手，爸爸！"

此刻，伯朗特似乎依然沉浸在对于过去和未来的遐想之中，他依稀看到埃米莉在经受暂时挫折之后，已然掌握类似骑自行车这样复杂的技术，因为她有自己处置问题的独到方法。这种方法日后屡试不爽，足以使她获得更多的知识与技能去应对其他挑战，而她现在所缺乏的，不过是瞬间的突破能力。一旦这个问题迎刃而解，在掌握了临门一脚的过硬功夫之后，她就会临危不惧，勇往直前。

想到这里，伯朗特觉得自己不妨现在就试上一试。他刚准备让手暂时离开车把，就猛地听见女儿再一次大声叫喊："别松手，爸爸！"

中午，埃米莉大口地吞食着三明治。从她那不再左顾右盼的眼神里，伯朗特预感到某种变化将会发生。

休息片刻之后，父女俩兴致勃勃地冲上了一处人行道旁的自行车道。尽管埃米莉还是不免担心会从自行车上摔下来，可是不知不觉间，车子的前轮已经不再像上午那样摇摇晃晃，女儿的平衡技能看来已经大为改善。伯朗特感到信心大增，明显地加快了奔跑速度，与此同时，埃米莉的蹬车速度也变得越来越快，车子骑得是越来越稳了。女儿爆发出来的是一种怎样的信心和力量啊！

在伯朗特眼里，今天孩子的表现，明显地展现出了她日渐增长的独立性，这种行为确实让人刻骨铭心。不是吗，学习走路是独立性的开端，学习说话和表达思想是迈向独立性的又一坚实步伐。尽管这些阶段对孩子们来说是按部就班，并非一蹴而就，但要父母们适应他们的巨大变化，的确要有充分的时间才行。伯朗特显然认为，女儿学会骑自行车，就像学会飞翔一样不可思议。无论如何，这种新的体验会立刻为它的受益者提供一种旷日持久，不可或缺的自由。

见证奇迹的时刻终于到来了。此时此刻，不可能将会变为可能。埃米莉似乎和爸爸一样，清楚地意识到了这一点。她再不需要依靠爸爸的帮助，只凭自己的信心和勇气，她就可以平稳地向前骑行。

“放开我，爸爸！”

话音刚落，埃米莉如同离弦之箭，嗖的一声飞了出去。她的小辫子在迎风飞舞。在至少向前急驰二十米之后，小姑娘慢慢地在人行道边的草地上停了下来，她汗流满面，神采奕奕。

作为父亲，无论是在欢乐时光，还是在困难时刻，伯朗特都会坚定不移地和女儿在一起。不可思议的是，这两种情感时常又会彼此交织在一起。抓住、放手。轻轻地推上一把，又慢慢地把手放开。这一切就像在校门口告别时，先给她一个拥抱，再给她一句叮嘱一样再简单不过，再正常不过。这一天的经历又一次告诉伯朗特：在日常生活中，自己无法回避两种时刻，那就是不断搀扶，不断放手，而他需要做的只是因势利导，顺势而为。此刻，一个声音在伯朗特心中缓缓回响："我会心甘情愿地把未来交给孩子自己去把握。我会不遗余力地鼓励孩子发掘自身的才能和力量。"

一张一弛，有张有弛，这句话说得不错。但是，要让伯朗特从此果真放手，他有这种可能吗？答案只有天知道。

26

大智大勇的父亲

乔治的父亲费利克斯正直而善良。他是善于化解矛盾的高手，具有妥当处置冲突的天赋。在孩子们的心中，他更是一位智者，一个英雄父亲。在处事风格上，他不动声色，处变不惊，属于那种不到万不得已，绝不动口出手的沉着稳重型人物。他不需要向任何人证明自身的强大，他的化险为夷的本领存在于貌不惊人的内在力量中。

不过，当乔治还是一个懵懂少年时，他并不理解孩提时代儿童最需要的东西，莫过于父亲的严格要求和全力保护。他责怪费利克斯冷酷无情，无动于衷，在这个儿子眼里，爸爸的形象实在是糟糕透顶。

乔治的弟弟摩根比他年幼两岁，两个人经常争得面红耳赤，互不相让，吵得家里不得安宁。每当他们闹得不可开交时，费利克斯总是坐在那里冷眼旁观，不置可否，嘴角有时挂着狡黠的微笑。不然，就是把头一会儿扭向左侧，一会转向右边，仿佛在观赏一场精彩、激烈的网球比赛。总而言之，完全是一副事不关己，高高挂起的神态。在乔治和摩根要求他评理时，他所说的唯一的一句话总是，“你们要好好学习怎样进行战斗，学会选择战斗，懂得进行较量。”爸爸这番话让孩子们无法理解，他们觉得爸爸简直是昏了头。为什么他无动于衷？为什么他不肯帮忙？他到底中了什么邪？乔治真希望爸爸从浑浑噩噩的睡梦中及时醒来，可他仍然我行我素，始终装聋作哑，对孩子们之间的争斗从不过问和干预。

乔治对父亲的这种不良印象保持了好几年，尽管有时事实证明他的判断有失公允，但他仍然一成不变地认定，爸爸是一个懦弱的人。直至不久前，摩根对他讲述了一场事故中所目击的一切，这位执拗少年才认识到自己实在愚不可及，原来爸爸是个了不起的人物，是位让人肃然起敬的英雄。

一天晚上，费利克斯带着摩根和他的两个同学去观看一场拳击比赛，对于一个年方十四的孩子来说，这是一项充满刺激的运动。比赛开始前，摩根注意地看了看周围的观众，他们中有黑人，有白人，有西班牙裔的，也有亚洲移民。不过比赛的哨音一响，他的注意力便完全集中在赛台上了。拳击手们的战斗在不同族裔的观众间激发起截然迥异的反应，摩根陶醉在尽情欣赏的欢乐与兴奋中，完全没有觉察场地内观众情绪的变化。

比赛结束后，熙熙攘攘的人群陆续离开比赛厅，费利克斯也带着摩根和他的同学走向停车场。小家伙们吵嚷着说要去吃冰激凌，费利克斯用坚决的语气制止了他们：“今天的夜晚看来不会平静，现在不是吃冰激凌的时候。”

他们刚走近停车场，还没有来得及进入小轿车，就听见身边传来一阵阵喧嚣声。原来一场不期而至的恶斗在周围打响了，其激烈程度与刚才的拳击比赛相比毫不逊色。在朦胧的灯光下，人们看见人群在相互厮打：白人打白人，黑人打黑人，或者是白人与黑人之间互相斗殴。这时候，谁要不小心混杂在他们中间，免不了也会被打得鼻青脸肿。第二天，当地报纸纷纷报导，在拳击馆停车场发生了“种族屠杀”事件，然而真实的场景是一场混战 。究其原因，不过是拳击赛激起了人们的过激情绪，而发泄它不需要任何借口。这群年轻人就像疯狂的狮子，一个个张开了血盆大口，见了谁都恨不得咬上一口。

费利克斯和摩根刚刚在汽车的前座上坐好，便又成了另一场搏斗的新观众。在玻璃窗前，摩根看到几个人正扭打在一起，有人已经在一侧的汽车旁边倒下了。与此同时，小家伙不胜惊恐地发现斗殴者中有一个人突然抽出了一把尖刀，锋利的刀刃正对着另一个人。无路可退的那个人紧挨着摩根坐着的玻璃窗，车窗并没有关上。只要那人稍往旁边躲闪，那把尖刀就极有可能把孩子刺伤。

摩根吓得不由自主地朝父亲的驾驶座望去，只见爸爸先是迅速地摇好挡风玻璃，接着用力拉开车门，便急匆匆地走了出去。摩根不知道父亲要干什么，只是担心他有危险。说时迟，那时快，费利克斯已然奔到持刀的凶手面前。摩根看到他们俩隔得非常近，如同面对面一般。费利克斯怒不可遏，但是依然控制着自己的声调："收起你的刀子，回到你的车上。在有人受伤之前离开这里！"

那个人一下子被震慑住了，他点点头表示服从。

这时爸爸又对周围的人群叫喊。一个不容置疑、充满理性的声音在人群的嘈杂声中冉冉升起："够了，快住手！回到各人的车上，快点开车回家去！"

令人不可思议的是，殴斗立刻停止了，人们四散开去，纷纷登车回家，只有一个人例外。

费利克斯不假思索，快步向那个凶犯走去。尽管他看上去要比凶犯矮十几公分，轻一二十公斤，但他的脸上却毫无惧色。就在他们相互盯着对方时，爸爸依然重复着刚才的话语："停止敌对行为！快点上车，离开这里！"

那家伙朝爸爸做了一个说不清什么意思的手势，嘴里还在不住地嘟囔，不过声音低得只能勉强听见。

费利克斯没有给他留下任何反驳的机会，语气平静地对他劝说："瞧你还带着个孩子，也不怕吓坏他。快像其他人一样离开这儿，这句话我不想重复第二遍。"

那个剽悍的男子低下了头，然后拉着孩子上了车。在那儿他像是仍在骂骂咧咧，似乎心有不甘。

费利克斯终于回到了自己的驾驶座上。在驶离停车场时，他显得十分开心，笑着扭头对孩子们说："走吧，我们去吃冰激凌！"

乔治没有目睹当时发生的一切，但他不难想象当一把尖刀就在儿子面前晃动时，作为父亲，费利克斯一定会挺身而出，无所畏惧。在这一关键时刻，在这个生死关头，他宁可面对危险，也绝不愿儿子受到毫发损伤，会毫不迟疑地用生命去救护儿子。乔治甚至相信，对于费利克斯来说，这不是一时冲动，而是有意为之。更何况他临危不惧，全力制止了一场恶性搏斗，所挽救的又岂止一个人的生命。这一壮举更能说明，这是一种把他人置于个人之上的英雄主义行为。依靠着坚持和努力，凭借着智慧和理性，他终于取得了成功。

这次事件完全令乔治心服口服，他痛心疾首地责备自己错怪父亲软弱无能，之所以出现这种过失，只能归咎于他的年少无知。费利克斯大智大勇并不表现在外表，而深藏于其内心，一个浅薄少年自然无法感知这一点。显然，面对孩子们的争执，当初费利克斯之所以不愿介入，是因为他深知这种纷争毫无意义，他希望当事人能找出办法自行解决。他鼓励他们学会选择如何进行较量，怎样处置争斗。他懂得身教胜于言教，重在用实际行动启迪孩子，使他们明了在较量和争斗面前，人们会有不同的抉择，而强者的最佳选择正是不战而胜。乔治终于领会了父亲的苦心教诲：人的一生可能会犯许多错误，但是，哪怕能从其中某一件吸取教训，他就可能免蹈覆辙，受益终生。

27

继　父

“并非给你生命的人才是父亲，养育你的人同样也是。”苏珊在记述她继父的生平时这样写道。

故事要从若干年前说起。

那是一个周六的下午，苏珊被妈妈叫到跟前，她要求女儿立刻穿戴整齐，因为她要掌上明珠去见一个自己交往已久的男友。此刻，这个对苏珊来说毫不相干的男人正站在一辆小轿车旁边，车子就停在离她们住所不远的地方。这个人跟她有什么关系？她为什么要放下引人入胜的智力游戏，急急忙忙地前去应酬？

这一切到底为了什么，后来小姑娘才知道，前一天这个不速之客向妈妈正式求婚了，他已经见过家里的男孩子，现在希望再见上小女儿一面。

“你好，科林先生。”苏珊不想多说一句话，心里急着赶快去玩尚未结束的游戏。

“你好，苏珊。”长着一头褐色头发的中年男子彬彬有礼地回答。他的语速很慢，声音十分悦耳。说完，他拉起孩子的小手，轻轻地拍了两拍。

在他和妈妈结婚以后相当长的时间里，苏珊不知道该对他如何称呼。事实上，小姑娘对他没有什么感情。有时需要打招呼时，她就敷衍了事地叫上一声“科”。继父在和苏珊打交道时，也常常习惯性地模仿她的妈妈和哥哥，亲切地称呼她“苏”。他从来不叫她“我的女儿”，同样地，她根本不想喊他“爸爸”。这个人虽然看上去和蔼可亲，可他毕竟跟苏珊没有血缘关系。若想真正在她心中占有一席之地，看来绝非轻而易举之事。

科林同样面临难题。在这个家庭中，成员有步入中年的母亲，血气方刚的大小伙和豆蔻年华的小姑娘。继父知道目前他不可能奢望自己被当做生父对待。这个原先的家庭存在已久，他的出现不过像是为这座建筑增砖添瓦，犹如为它带来新的装饰。他明白，自己看不见的对手乃是这里随处可见的父爱的踪迹。那位英年早逝的父亲，当之无愧地是这个家庭的中心。人们对他一往情深，他的音容笑貌依然活在每个人的心头。潜在的对手还包括科林本人的自信与自尊，以及众人对他这个并不现实、虚无缥缈的理想父亲的期望。不言而喻，其标准就应是充满爱心，乐观豁达，宽宏大度，乐于助人，还有男子汉不可缺少的潇洒与帅气。他更认为，尤为重要的是，作为一个充满阳光的父亲，他的孩子必须同样充满阳光才对。

事实上，科林确实存在幻觉。年幼时，他就是一个孤儿，被叔叔婶婶抚养长大。他们对他虽不乏关爱，但从来没有把他的利益放在首位。经历了生活的艰难磨炼，尝遍人生的酸甜苦辣之后，在已届不惑之年，他邂逅了自己的红颜知己，找到了真正的幸福。他已娶她为妻，组建了新家庭。他做好一切准备，愿意肩负起义不容辞的教养责任以及不容忽视的经济负担。

在四个人共同生活的第一年，科林花费大量时间和精力，修整家中陈旧或破损的物件。他的扎根方式，首先是给新家庭营造温馨的环境，奠定坚实的基础。他给客厅的壁板涂上鲜亮的色彩，为梳洗间的护墙贴好结实的瓷砖。就连很少有人踏足的地下室，他也亲手制作了一些必不可少的家具。

随着这个新家庭越来越像家的样子，苏珊也长成了亭亭玉立的大姑娘。不过，她自以为是，性格多疑，情绪反复，行为叛逆。过去，她和妈妈一直亲密无间，而今俩人之间仿佛出现了裂痕。

“为什么你的行为这么不检点？”妈妈时常对她怒吼。

“是你不让我按自己的想法做事。”苏珊愤愤不平地回答，说完夺门而出，头也不回。冷静下来以后，她想或许找个人交换一下看法大有必要。

苏珊在地下室找到了科林，他正在全神贯注地刨着一块木板。随后，他又拿上一张砂纸细细打磨起来。他递给继女一张砂纸，让她帮助自己磨圆木板边角，同时翘了翘嘴角，示意她开腔讲话。

“妈妈太不讲理了。”苏珊嘟囔着说，“她先是废话连篇，然后就大喊大叫。看来我只有让她非常满意，才算是完美无缺的女儿。”

科林频频点头表示同意，不过他并没有停下手中的活计。苏珊希望他能替自己说话，科林则想表现得不偏不倚。“你妈妈要求你尽善尽美。”接着，他又心平气和地对她说，“这对你应该并不困难，因为我一直认为你与众不同。”

在这第一个冬日，科林与苏珊一起待了很长时间。打这以后，他开始教她使用木工工具，学会下料、打磨、制作和涂漆。这些在“作坊”里度过的漫长时光，对于饱受失望和挫折的少女来说，无疑是最好的自我解脱。这处妈妈极少问津的地下室，也就成了苏珊理想的庇护所。

每当苏珊有需求时，科林总会如期而至，他从不给她提任何建议，只是开导她学会自行处置。看来，苏珊真正需要的，科林能够提供的，就是善解人意的心灵。

“你知道”，一天科林诚恳地对她说，“你和你妈妈在许多地方非常相像。你们都充满活力，饱含激情，同时思维敏捷，意志坚定。这就是为什么在发生冲突时，你们总是争得面红耳赤，互不相让。当然，这正是我最爱，也是我最欣赏你们的地方。”

科林时常会给家庭成员带来意外惊喜，不是给苏珊卧室的墙壁挂上一幅精美画作，就是在她哥哥房间的书桌上摆放一本新出的体育杂志。在饭桌上，他总是饶有兴致地听兄妹们讲运动场上的意外胜利，或是屡见不鲜的生活琐事。他赞许年轻人的生机活力和智慧才能，一如既往地亲近所有人，让大家感受和分享他的关爱。“你们不妨猜猜这个。”每当他这样讲时，苏珊就想到他马上会出一道智力测试题。问题一旦破解，他就会放声大笑：“哈哈，我知道这难不倒你们。”这时，他的声音无比真诚，脸上的笑容格外灿烂。

7 月的一天，苏珊和科林一道骑自行车进城。他们走进一家男性用品商店。她记得 13 岁时，她曾在这里给爸爸买过一件生日礼物。此刻，柜台上摆放的一瓶专用香水引起了她的注意。那是刮脸以后喷洒面部的特殊香水，它正是科林喜欢用的那一种。于是，趁科林不注意之际，苏珊掏出全部积蓄，不仅买下了这瓶香水，还为继父选购了一条丝织领带。科林生日的那天，当苏珊拿出这两件礼物送给他时，他激动得泪水盈眶，并且异常兴奋地对她说：“谢谢你，这将是我的终生礼物。”说完，他紧紧地抱住苏珊，同时吻了吻她的脸颊。

“这算不了什么，爸爸，祝你生日快乐。”此时不经意脱口而出的这句话，实在是再自然不过的了。

一天又一天，一年又一年。随着时光的推移，这个重新组建的家庭已然扎下了自己的深根，重新确立了自己的传统。科林没有食言。他先后把苏珊兄妹送入大学，看到他们成家立业，结婚生子。他跟他的儿女们，乃至于他们的下一代结下了令人称羡的深厚情谊。年富力强时，他教兄妹俩打猎、钓鱼，做手工家具。年迈苍苍时，他不是为孙子、外孙做玩具，就是教他们唱歌跳舞，或是推起童车，领着他们四处玩耍。他快活地活到八十高龄，然后幸福地闭上了眼睛。

科林选择了心爱的女人，选择了苏珊兄妹。苏珊妈妈和他们兄妹同样也选择了科林。这是一种相互选择，双向吸引。他们既是亲人，更是挚友。在苏珊心中，作为亲如生父的继父，科林的友爱和真情，是她取之不尽、用之不竭的力量源泉。

28

父爱如山

一场纷纷扬扬的大雪铺天盖地，孩子们欢呼雀跃地奔出家门，携带形形色色的雪橇，向着周围各个滑雪地点呼啸而去。年龄稍小的滑向较为平缓的山坡，年岁大些的则向远处险峻的山路发起冲击，其中包括英俊少年约瑟。他的父亲弗洛伊德是附近山区出名的滑雪高手，也是这片白雪皑皑的世界里孩子们最好的救护员。此时，约瑟和他的小伙伴们已经在小树林中消失，他们的方向是既令人向往，也令人生畏的危险目标“自杀坡”。

在这个适于滑雪的最佳时节，不时地总会有某个侥幸成功的脱险者跳将出来，惊魂不定地向人们宣告：“只差那么一点点，我就会撞上‘死亡树’，真是要多危险就多危险！”“再向左前方急驰就是‘舍身崖’，谁要能盘旋登顶，再从那陡峭的崖壁上一跃而下，你想多美就有多美！”

一些大胆又冒失的孩子受到这种极度刺激的诱惑，会按捺不住挑战自我的兴奋心情，盘算着如何向雪峰发起进击。但是，在迈出决定性的一步时，一个个不由得又打起了退堂鼓。

此时，弗洛伊德正在向着远处的“自杀坡”眺望，他惦念着儿子约瑟和他的同伴们的安危。就在这时，一个年方十六名叫尤金的少年旋风一般来到他的面前，上气不接下气地向他报告险情。

“我在悬崖壁前失控了。”他不停地眨着忽闪忽闪的大眼睛，结结巴巴地接着说，“好……可……怕！真……吓……人！”

尤金的诉说不由得使弗洛伊德回想起，往昔自己勇闯“自杀坡”时的情景。很久以来，他已经没有这种激情了。此刻，他的心里又升腾起一团火焰：为什么不能重振当年雄风？约瑟和其他孩子就在“自杀坡”下方，作为雪地安全护理员，可以说他是每个孩子的父亲。他怎么能在此危难时刻坐视不理？弗洛伊德明白“自杀坡”就是目标，“自杀坡”就是归宿。与其说父爱如山，不如说父爱重于山。此刻父爱之于他，无异于争分夺秒，风驰电掣，或者说，义无反顾，勇往直前。

想到这里，他再没有半点迟疑。于是，弗洛伊德迅速夺过尤金的轻便型双座雪橇，把小家伙在自己身前安放好，然后，就像鬼魂附体一般，怒吼着向山梁冲去。见到约瑟和他的小伙伴们以后，他把尤金抱了下来，同时叮嘱大家注意安全，迅速撤离这处危险地带。

“自杀坡”像一块巨大的磁石吸引着他，遥望着远方高耸的雪岭，他横下一条心，一定要把“自杀坡”“舍身崖”这些难以逾越之地踩在脚下。就在雪橇再一次发出怒吼时，他听见约瑟在身后叫喊：“小心点，爸爸！别忘了‘松树岭’的冰凌区，它们会把你刮伤的。”“还有‘龙湾谷’的粗树根，它们也会把你绊倒。”尤金也不忘提醒他。

弗洛伊德朝孩子们点了点头，对他们的关心表示谢意。此刻，他已然做好冲锋陷阵的最后准备，他知道自己是所有孩子父亲的代表，他有理由大声地回答他们：“你们记住，爸爸不意味着临阵退却，爸爸代表着无所畏惧！”

冲上峰顶之后，弗洛伊德长长地吸了一口气，准备再向“狼嘴谷”挺进。那里就是约瑟提到的松树岭冰凌区，四周遍布各种冰凌，给人危机四伏之感。

“你爸爸在找死！”望着峰顶已经变得模糊的弗洛伊德的身影，尤金不禁倒吸一口气，冲着约瑟嚷嚷。

“伊琳娜，快回去找妈妈！”深感不安的约瑟央求姐姐即刻返回，好与妈妈商量救援之策。

滑雪道急转直下，弗洛伊德面临的第一个关口就是一处大冰坡。他握紧拳头，以迅雷不及掩耳之势冲了下去。随后，他让身躯在操纵杆上停靠片刻，接着顺势来了个右转弯。在享受惬意的同时，他同样受到惊吓，因为他已急驰到了一棵高大挺拔的橡树跟前，这就是令人望而生畏、不寒而栗的“死亡树”。来不及思索，更来不及停顿，弗洛伊德迅猛地先左转弯，再右转弯，尔后继续左旋右拐，如闪电一般穿行于一道狭长的雪谷中。山谷两边长着雪松，树下布满面目狰狞的条状冰凌，就像恶狼锋利的牙齿，挡住他的前进道路。还有那些盘根错节的粗大树根，稍有不慎，人和橇就会被绊倒，严重时会摔得头破血流。作为滑雪高手，弗洛伊德已经两年没来这里了。这里的景象一如既往，所幸在面对诸多困难和障碍时，他依然得心应手，处变不惊。不过，在如此险恶的自然环境前，他同样不敢掉以轻心。

就在快要冲出“狼嘴谷”时，他的一只手套被黑黝黝的荆棘丛割破了，手掌心也划出了一道血痕。他忍住剧痛，咬紧牙关，一鼓作气地冲到一块硕大的岩石前，要想笔直地攀缘登顶显然绝无可能，许多冒险者至此无不感到束手无策。此时，弗洛伊德定了定神，在仔细观察了“舍身崖”四周以后，他知道已无退路可走，摆在面前的唯一选择，就是大胆而心细地沿着岩体绕道而行。他一会儿前推，一会儿后拉操纵杆，控制着雪橇一转一拐，奋力向上攀登。距离岩顶越来越近了，他听得见自己的心脏在剧烈跳动，被汗水浸透的滑雪手套早已冻得硬邦邦，用起来也不再那么灵活了。面对着前所未有的挑战，在距离死神只有一步之遥时，弗洛伊德的眼前闪过一片蓝光，那是他上小学五年级时，任课老师格罗莉娅爱穿的印有紫葵花图案的长裙，它宛如轻纱般飘飘曳曳，真是太美了！

就在弗洛伊德脑海里产生出这种幻觉时，一阵巨大的声浪顿时传入了他的耳朵。已然登上岩顶的这位英雄好汉如梦初醒，只见他不由自主地纵身一跃，连同他的雪橇一起同时飞了起来，从距离地面约十米高的悬崖之巅凌空而降。在这视死如归的庄严时刻，他真正体验到了什么是失真的速度。

落地时弗洛伊德真想知道，一个人在完全没有空气的情况下，到底能活多久，可惜现实告诉他，这不是讨论氧气功能的时候，因为他着陆的地方是呈大角度向左倾斜的陡坡。于是，他本能地把左脚伸出雪橇，让它紧紧贴着冰面滑动，同时拼命拉拽操纵杆，以便减缓下冲的速度。没过多久，弗洛伊德的脚趾和脚面就被雪坡摩擦得体无完肤，踝骨韧带好像也被撕裂，雪橇这时完全失去了控制。然而，正是这五公斤重的器械使他化险为夷，绝处逢生。只见他的身躯直挺挺地躺在雪橇上，与雪橇形成平行的直线，雪橇则托着他像发射出的火箭一样，沿着抛物线冲向前方。

弗洛伊德隐约觉得自己又跌跌撞撞地向前滑行了一段时间，先是在纵横交错的树根上颠簸，接着又飞快穿越松树林，然后跌落在不知谁家的后院里。他一时分不清东南西北，但可以听清楚自己的心跳。这是活人的呼吸，胜者的呼吸！当他好不容易直起身子，抬起头来时，他看见身着滑雪服的六七个孩子正从山坡上飞驰而下，向自己奔跑过来，其中尤金手里还拿着他脱落的靴子。

约瑟投入他的怀抱，不停地亲吻他。当孩子称他是世界上最勇敢的爸爸时，弗洛伊德觉得自己应该告诉孩子：父爱的历程犹如穿越“自杀坡”和“舍身崖”，路途上充满艰辛险阻，它要求父辈们临危不惧。弗洛伊德感到欣慰的是，他的成功经验不仅会对孩子有所裨益，而且他的失败挫折对他同样能够振聋发聩。他觉得此刻自己仿佛又置身于那个双座雪橇里，凛冽的寒风再次使他心如刀割……

29

父亲并不伟大

一个隆冬的夜晚，当维克托正在书房里看书时，他的小儿子吕克蹑手蹑脚地来到了他的座椅旁。书桌前摆放着一只古老的青铜铸制的台灯，那是维克托珍爱的纪念物，它曾伴随他的父亲——老医生鲁伯特度过了大半生。

那时吕克还是个稚气未退的孩子，求知欲十分强烈。他常缠着维克托没完没了地问一些奇特而严肃的问题。比如去年夏天，当维克托在花园里修剪树枝和栽种植物时，吕克也会待在一旁，学着种下一些种子，然后浇上水、盖好土。他当然知道不能在第二天把它们挖出来，看看到底长出了什么东西。现在，孩子也学着大人的样子开始读书了，不过他绝不会承认自己做这件事还相当吃力。

维克托把书放到桌子上，抬起头来看着孩子。吕克脸上堆满微笑，但却藏不住他的心思。他讨好地蹭到父亲身边，拿出一件摔坏的玩具，一本正经地说：“我把这个机器人的胳臂不小心弄断了。你看!”

他并没有问维克托能不能把它修好，在他眼里，没有爸爸做不到的事。以前，维克托曾为他修好过组装玩具和儿童三轮车。维克托使用的工具，都是从鲁伯特留下的工具柜里拿出来的。这一次吕克弄断了机器人身上的塑料胳臂，老鲁伯特没有这类修理工具，因为他从来没有见过塑料制品。

维克托迅速地瞥了一眼玩具机器人，然后对儿子说：“它摔碎了，少了一些东西，你没有看到吗?”

吕克松开紧握的小手，让爸爸看手中的碎片。维克托摇了摇头，他真不知道怎么修理它。可是，吕克仍然目不转睛地盯着他，目光里饱含着信任与希望。维克托接过塑料碎片，在手心中翻来转去，往昔的场景也在他的脑海里翻腾起来。

维克托七岁那年，还是一个懵懵懂懂的少年。那时，他的父亲鲁伯特把家安在乡下，村子距离俄亥俄州一座小城有数十公里。鲁伯特在当地是一个知名医生。他不但能为病人治疗各种疑难杂症，而且擅长驯马和雕刻六弦琴曲面。他还有一手高招，那就是驾着雪橇从高坡上一跃而下，并且让雪橇平稳地落在雪堆里。可以说，他更是一个身怀多种绝技的传奇人物。维克托平时喜欢去爸爸的候诊室。在那里，他总是看到病人痛苦不堪地前来，笑容满面地离去。

这年 12 月份的一天，维克托又来到了候诊室，不过这次他的目的，是在这里等候自己最好的朋友吉米。这个小伙伴已经三天没去上学，她的妈妈已与护士联系好，会在下午带吉米前来就诊。

可是，当最后一名患者离开鲁伯特的诊室时，吉米还没有过来看病。于是，爸爸就带上维克托登门问诊。只要维克托有空闲，鲁伯特总会带上他一道出诊，他喜欢在开车时听小家伙向他提各种问题。

快到目的地时，已是晚上 7 点了。当时爸爸还打趣说："让我们看看，这个小家伙到底是怎么回事，他非要我登门拜访。"

维克托笑得直不起腰，他知道这位小伙伴爱开玩笑、捉弄人。

可是，就在驶近那间陈旧的砌有石块的屋子时，他们吃惊地发现，前窗左侧和阳台右侧各点着一盏灯，向来访者传递出令人不安的信息。依据当地习俗，这是紧急求救的信号。

鲁伯特在后院把车刚停好，吉米的姐姐艾丽丝就从屋里飞跑过来，她一把抱住医生哭叫着说："快救救吉米吧，他就要死了！爸爸到处找您，谢天谢地，您总算来了。"

鲁伯特不慌不忙，连声说不要着急，要是他也着急，病人家属就更会乱了阵脚。维克托跟在艾丽丝和他爸爸身后走进了屋里，他在厨房里闻到了一股酵母味道，接着便和他们一起，登上狭窄、阴暗的楼梯，进入了吉米的卧室。病人呼吸十分急促，一阵接着一阵呻吟。他的身上盖着好几层厚毯子，维克托透过摇曳的灯光，勉强才能看清吉米的面容。他的神情十分疲惫，皮肤仿佛闪着异样的光泽。

她的妈妈对医生说：“求求您，帮帮我们吧！他原来不过是小感冒，可从今天下午起，就开始大汗不止了。”

维克托过去从未见过吉米的妈妈不系围裙。在鲁伯特做胸部听诊时，吉米的妈妈不安地站在维克托的身后，双手压在他的肩上。鲁伯特接着拿起了注射器，针尖在灯光中闪烁。医生在给吉米打了一针后，又从便携医疗箱里取出一团纱布，把它塞进了吉米口中。同时，鲁伯特又俯下身子，与吉米保持同步呼吸。房间里谁都没有动弹，人人鸦雀无声，唯一能够听到的，只有医生均匀、平稳的呼吸和吉米尖啸、急促的回应。

没过多久，宛如一道闪电划破长空，突然间吉米的呼吸变成了吓人的声音。维克托顿时感到吉米妈妈紧紧抓住了自己的肩头。显然，她也发觉意外发生了。此刻，鲁伯特仍在继续为吉米做人工呼吸。很长一段时间过后，吉米妈妈移步来到了床边，她把手放在医生的胳臂上，用克制的声音对他说：“行了，医生。放弃吧，孩子走了，不再跟我们在一起了。”

鲁伯特一言不发地站在那里，他不得不面对残酷的现实。

吉米妈妈拉起维克托的手，他们一道默默地下楼走到厨房。她刚在躺椅上坐下来，吉米姐姐艾丽丝便无比悲痛地扑向妈妈，伏在她身上哭了起来。维克托缓慢地走出屋外，在冰凉的石头台阶上坐了下来，这个时候，他不想有任何人来打扰自己。

当吉米爸爸回到家中时，他发现了医生的汽车。在他走进家门后，维克托听到一阵喧嚣声，接着一阵平静，随后是一阵喧哗。鲁伯特在告辞了吉米父母以后，带着维克托返回汽车。在空无一人的初冬街道上，空气也显得格外凝重。父子俩谁也没有说话，维克托觉得在自己心里，世界好像坍塌了。

鲁伯特没有先回家，而是径直来到了诊疗室。他翻开一本又一本书，试图从中寻找答案。维克托本想打断他，但却没有这样做。他不知道这个夜晚将怎样结束，同时止不住地一次又一次在一旁哽咽。后来，诊疗室的门铃响了，维克托走过去开门，来人是他的妈妈。

妈妈弯下腰来，一把抱住儿子，不断地抚摸他的后脑勺，维克托感觉自己似乎又回到了婴幼儿时代。

“啊，妈妈。爸爸为什么那么没有用？为什么呀？”维克托一边问妈妈，一边把头扎向妈妈的怀里。

在儿子慢慢恢复平静后，妈妈抚摸着他的后背对他说：“你爸爸比你高大，但他比生命矮小。我们爱他，是因为他能够做许多事。但是，并不能因为有些事他无能为力，我们就不去爱他。爱就是要承受可能发生的一切，不管它是好还是坏，是吉还是凶。”

即使维克托当时并不能肯定是否完全明白妈妈所说的一切，但他知道妈妈这些话的重要性是确凿无疑的。在安抚完儿子以后，她便去看望丈夫了。这个冬天在维克托的记忆里化作了永恒。在以后的日子里，他觉得很久以前经历过的那个场景，只需几秒钟的工夫，就会重新出现在自己的脑海里。

维克托把儿子摔破的塑料碎片在手中翻来覆去。片刻之后，他对吕克说：“孩子，我修不好它。”

“你当然可以。”

“很抱歉，我不能。”

吕克用直勾勾的眼神望着爸爸，他心目中的偶像坍塌了。他紧紧地咬着下嘴唇，尽力不让眼泪夺眶而出。

维克托把他拉到膝前，用尽可能温和的语气安慰难过的孩子。当吕克终于止住呜咽时，父亲明白儿子懂得了自己的良苦用心。他不再把维克托看成无所不能的人，而是视为凡夫俗子。吕克用双手紧紧搂住他的脖子，破涕为笑，坐在他身上撒起娇来，这一举动说明了一切。

吕克在离开书房时，再一次向维克托投去表示信任与尊重的友好目光，这使得维克托不由自主地又想起了往昔妈妈所说的那番话。昨天的儿子变成了今天的父亲，此刻的儿子也将成为未来的父亲。唯一不变的因素是，爱不需要附加任何条件，爱要承受可能发生的一切。矮小彰显高大，伟大出于平凡。

30

农场父子

哈维尔和他父亲伊恩斯刚从围圈牧场归来。路上，爸爸对儿子说："这个周末就你一个人留在农庄。我希望你不出差错。"

牧场里圈养的都是良种奶牛，它们是伊恩斯的宝贵财富。他把它们视作亲人，亲切地称这些奶牛为"女儿"。此刻，牛群正在啃食牧场上鲜嫩多汁的青草，这些英格兰种的奶牛是他的骄傲。

"你要离开多久?"哈维尔有些不放心地问爸爸。

"就两天。我要去蒙特利尔参加学术研讨会，我想听一两场有关奶牛饲养的专题报告。你可以独当一面了，我没有什么可担心的。"

父母从来没有让哈维尔独自留守庄园，他唯一独立完成过的任务就是遛狗，伊恩斯一天忙到晚，把全部精力放在喂养牲畜上，即使临时有事必须进城，他都会当天赶回来。牧场里的活再苦再累，一回到农舍，他也会先到牲口棚去转上一圈再吃晚饭。

哈维尔的妈妈两天前就去美国看望她的妹妹去了，她在那里将要逗留一周时间。偏在这时爸爸又对他搞突然袭击。哈维尔心想：这或许是他们的有意安排，以便检验他的真才实干。其实，他早就想在他们面前显露一手，这一次他正好有机会向爸爸证明，自己是能够独挑大梁的能干小伙。

干完牲口棚里的活计以后，哈维尔在吃晚饭前痛快地洗了个澡。他从衣帽间的大镜子里看了看自己，一脸春风得意的样子，然后吹着口哨走进了厨房。哈维尔刚满 16 岁，他觉得自己比身边的大部分人都要了不起，当然他的父母除外。即便这样，他也会利用不同机会抖机灵，好让爸爸高看自己。比如，爸爸是个棒球迷，但他的记忆经常出错，不是搞混了明星球员的名字，就是弄错了赛场的比分。哈维尔这时总会纠正爸爸的错误，常常弄得伊恩斯下不了台。

“你喜欢吹毛求疵，忽略事情的根本。”伊恩斯有一天开导孩子说，“重要的是要有自知之明，不可以自以为是，要知道什么事情能够做，什么事情不去做。为什么你总是在细节上纠缠不休，而把事情的要义丢在一边呢？”

“试着不要说蠢话、做蠢事。”哈维尔的妈妈在旁边插了句嘴。小机灵鬼听不出话外之音，他还以为是妈妈在批评爸爸哩。尽管伊恩斯对儿子多有微词，哈维尔还是明白父亲的良苦用心。这一次伊恩斯远去蒙特利尔，让儿子当家主事，充分说明他对哈维尔显然还是信任的。

伊恩斯家的农场规模不是很大，但毕竟方方面面有许多事需要操心。哈维尔知道责任重大，他决心不辜负爸爸的托付，尽全力把事情做好，证明自己绝不是找碴、挑刺的人。

伊恩斯离家之后，哈维尔立即去了牛棚。在那里，他发现饮水槽的水位偏低。按照常规，饮水槽的进水管和浮标应在同一水平线上，可不知道为什么现在浮标竟然悬在半空中，以至于没有一滴水能够通过进水管流进饮水槽。

哈维尔检查了水泵，水泵箱的外壳有些发烫。他又查看了保险丝，确定电表跳闸了。于是，他随即切断了水泵的电源，并且把水泵搬回了工具室。在换好碳刷以后，他又修好了短路，而这正是故障的关键所在。

当哈维尔把这套设备系统重新装好以后，水泵的发动机传来了平稳的声音，它的正常运转让小技师觉得自己足以担当重任，谁也不能小看自己。不过，与第二天发生的灾难性事件相比，解决水泵的功绩就显得微不足道了。

修好水泵发动机确保饮水槽正常供水后，哈维尔走进牲口棚，开始清扫其中的分栏，那是伊恩斯为奶牛产牛犊准备的产房。此刻“矮脚洛雷特”已经临近产期，必须提前做好准备。洛雷特是伊恩斯最喜爱的一头奶牛，它虽然蹄子很短，其貌不扬，但它生的牛犊特别健壮可爱，它是奶牛中的第一功臣。

矮脚洛雷特非常喜欢果园里的草地，它对苹果更是情有独钟。明星奶牛拥有独自去苹果树下的特权，前提是必须有人在附近干活，不能让它远离视线失去监控。这个星期六天气晴朗，万里无云。下午，哈维尔在干完活以后，打算去池塘钓鱼和游泳，便把洛雷特留在了果园里。它懒洋洋地躺在一棵苹果树下，阳光穿过叶隙，在它身上洒满了斑斑点点。不过，它貌似对能够无人看管，自由自在感到特别惬意。

哈维尔躺在他去年夏天制作的木筏上，同样悠然自得。他不由自主地想到爸爸回来以后要问的第一句话："一切都好吗?"他觉得可以当之无愧地回答："一切没有问题。"他认为没有自己做不到的事情。

不过，他的美梦很快就破碎了。当哈维尔返回牛棚时，他听到了两种截然不同的声音，一个是流水发出的平静的汩汩声，一个是令人撕心裂肺的呻吟声。他急忙向果园跑去，看见洛雷特在距离牛棚五米远的地方，两只前蹄跪在地上，肚子朝向天空，目光茫然若失。它像是大难临头，命在旦夕。

哈维尔在它身旁蹲了下来，不停地抚摸它，安慰它。洛雷特气喘吁吁，两肋鼓胀，呼吸显得非常困难，他触诊它的下颚和脖子，发现在略靠胸骨的上方，有个坚硬的东西留在它的食管里。哈维尔立刻明白，是一个青涩的苹果卡在那里了。尽管感到它会很快窒息而死，他还是打算自己想办法来解决问题。

哈维尔在奶牛的颈脖上按摩，试图让它把苹果吐出来。可是，无论他在哪个方向上运动，都无法达到预期的目的。苹果停留的位置过于接近下部，哈维尔感到无能为力，他不得不向外人求助。于是，他跑回牲口棚，拨通了兽医的电话。在哈维尔三言两语说明了问题以后，兽医嘱咐他："和这个愚蠢的家伙待在一起，千万不要离开。让它的头朝上，我马上过来。"

兽医卡里科是个心直口快的人，从不拐弯抹角，说话简洁明快。一来到伊恩斯家的农场，看到洛雷特死去活来的样子，他忍不住骂了几句，哈维尔从来没有见过他生这么大气。

"它什么时候下小牛犊?"

"大概要等一个星期。"

"我真希望这头奶牛有好运气。"

话音刚落，卡里科大夫就按住洛雷特的脖子进行触诊。他的动作从容不迫，看不出来任何着急的样子。随后，他要哈维尔快去找两块小板子。板子拿回来后，兽医推了推奶牛的侧部。接着，他把一块小板子放在洛雷特的脖子下方，苹果就停在那里面，另一块板子则放在脖子上方。备受伊恩斯宠爱的洛雷特，此刻正大口地喘着粗气，样子显得痛苦异常。只见这时卡里科医生把脚踩在上面的木板上，然后又使劲地跺了两下。

说时迟，那时快，洛雷特发出一阵巨大的罗音，然后便把已经压碎的苹果咽了下去。哈维尔瞪大眼睛惊奇地看着兽医，一句话也说不出来。兽医在他眼前所做的一切，他连想都不敢想。要是洛雷特真的只靠他来救命，它恐怕早就见不到老主人了。

哈维尔这时觉得自己极不称职，同时感到羞愧难当，他甚至想过不把这件事告诉父亲，显然这种想法实在愚不可及。伊恩斯明察秋毫，没有什么事情能瞒得了他。再说这样做本身就极不诚实，哈维尔以后永远也不会原谅自己。

就在这时，洛雷特已经恢复了正常呼吸，它慢慢地伸直前蹄，艰难地站了起来。它用忧郁的眼神打量着眼前的两个人，仿佛是他们使自己遭受了巨大的痛苦。接着，这头奶牛便一步一步地朝牛栏的方向走去，它可能觉得那个地方比较安全。

“它会一点点好起来的，只是不能再碰青苹果了。”兽医叮嘱道。

“您说得很对。”

“你爸爸去哪里了？”

“去蒙特利尔两天。”

“他让你来照管农场？”

“是的，先生。”

“那好，幸亏你知道遇到麻烦时找人帮忙。幸好你也没有多耽搁一分钟。”

星期天下午，哈维尔看到一辆小汽车离开高速公路，驶入了通往农场的乡间道路。他知道那是爸爸回来了，他在心里无数遍地重复想要对爸爸说的话，就是找不到合适的开场白。不过，在伊恩斯踏进家门的那一刻，哈维尔心里反而踏实了。他决定不再遮遮掩掩，而是开门见山，对父亲实话实说。

儿子虽然心有余悸，但却原原本本地说出了一切，看来，爸爸的反应并不那样强烈。哈维尔承认自己疏忽大意，考虑不周，不该置洛雷特于不顾，而去钓鱼、游泳，尤其责备自己荒唐地认为不靠任何人，也能帮助洛雷特脱离险境。

“我知道了，我看到了。”

从他的语气里，哈维尔知道自己的确让爸爸失望了。

在饱受折磨的两个星期以后，洛雷特顺利地产下了小牛犊。伊恩斯和哈维尔目睹了当时的一切。在小牛犊生出来以后，伊恩斯用黄麻编织的饲料袋包住了它。奶牛妈妈高兴地发出了“哞哞”的叫声。接着，小牛犊欢快地蹦下地来，直挺地站着开始吸吮第一口奶。这是一头健壮的小牝牛，比例匀称，骨骼强健，漂亮的身躯让人看了赞叹不已。这时，爸爸对儿子说了一句：“你来给它取个名字吧！”

给牛取名字是伊恩斯家的传统，按照惯例，这是爸爸的专利。可是这一次，爸爸却说："它是你的，你的行为表明你当之无愧。"

哈维尔向父亲投去了疑惑的目光。伊恩斯在走出牛棚时，抚摸着儿子的肩膀，微笑着对他说："好好照顾它！"

爸爸的话语里充满了信任，哈维尔的心头不禁为之一热。父子之间的感情就这样在不经意间被拉近。

当天晚上，哈维尔又来到了池塘边。太阳西垂，晚霞满天。远处的山冈罩上了一层玫瑰色，霞光甚至映红了他们家的客厅。哈维尔看到了爸爸高大的身影，他正从座椅中站起来，穿过客厅走向厨房。

天黑时分，哈维尔在回家的路上，默默地做了至少两项决定：首先，不再顶撞父亲，停止和他抬杠，因为他不再是什么神童了。其次，要像爸爸照料洛雷特那样，全心全意、尽心竭力地照看那个小牛犊。对了，它还没有取名字。为什么不可以叫它"科尼·马克"呢？科尼·马克是爸爸心目中最杰出的棒球明星，这个小科尼·马克也将永远是哈维尔的最爱。爸爸一定会十分满意这个名字的。

四

去爱你绝对熟悉的人或事是不可思议的，爱总是被引向那些隐藏着秘密的地方。

——[法]瓦莱里

31

为了生命之花绽放

这是一个有关难民家庭的真实故事。它发生在一个战火纷飞的年代，一处人迹罕至的偏远山区。隆隆的炮声以及不绝于耳的枪声告诉埃迪一家，危险与威胁正在一步步向他们逼近。

在这个有着十几名成员的大家庭里，除了年轻的父母、众多尚未成年的弟妹，还有一个不满周岁的婴儿和年迈多病的老人。在他们居住的村庄，其他家庭早已先后逃离，现在埃迪一家不得不步他们的后尘。他们之所以迟迟没有撤出，除了故土难离、不舍家园的因素，很显然，最主要的原因，还是孩子和老人的拖累。这个小村子的四周几乎全是崇山峻岭，通往外界的唯一道路已被切断。现在要想脱离险境，只能首先穿越附近的一道关隘，那是一处遍布乱石、高低不平的危险山口，然后还要翻越高耸、陡峭的顶峰。对腿脚不便、身患恶疾的老人来说，这段艰险的旅程简直比登天还难。

“让我一个人留在这里吧，我这把老骨头实在经不起折腾。你们活着逃命要紧。无论如何，我们家总得后继有人。”爷爷萨克两眼炯炯有神，坚定的话语掷地有声。

“不行，刽子手不会放过任何人。这里只能是你的坟墓。”大儿子埃迪斩钉截铁地回答。

“再说，你的小孙子离不开你，你是那么喜欢他。”

“是呀，要是你不走，我们全会留下来，寸步不离陪着你。”

其他子女也都七嘴八舌地跟着哥哥说。

萨克拗不过他们的执意规劝，只得勉强同意与他们同行。经过一番准备，当夜幕临近时，一支十几人的队伍便朝着黝黑的山麓进发了。他们悄无声息地行走着，大家轮流抱着孩子，搀着老人，这让行进变得更加困难。

好不容易走出山口，一行人休憩片刻，便又在崎岖的山岭上奋力攀登。一个小时过后，早已累得上气不接下气的老萨克，便在一块大石头上坐了下来。他耷拉着脑袋，用气喘吁吁的声音对大家说：“你们走吧，别管我。我实在不中用，再也迈不动腿了。”

“你行的。”大儿子埃迪用恳求的语气给他打气。

“真的不行，我一步也走不动了。山里风大，你们快走，别冻坏了孩子。”老人有气无力地接着说。

劝不动垂头丧气的父亲，埃迪突然急中生智。他站起身来，用不容分辩的语气对老爷子说："谁也没有小看你，你是我们的榜样，每个人都需要你。现在山顶已经在望，该轮到你出点力气，抱抱小孙子了。"

说完，埃迪不由分说地拉起老人，从13岁的最小弟弟手里接过婴儿，准备把他递给萨克。

"好的，完全可以，是该轮到我出力了。"老爷爷毫不含糊地回答。

说完，老萨克便用颤巍巍的双手抱起婴儿，同时轻轻地掀开襁褓，凝神注视着天真无邪的小天使。他睡得十分香甜，脸上挂着幸福的微笑。

"都跟我来，谁也不能落下。"他用坚定而快活的口吻命令大家，然后又接着说，"我不用再休息了。现在我们立刻出发。"

这天夜里，在老萨克的率领下，全家人终于翻过高山，来到不再有炮火和枪声的安全地带，所有人终于脱险获得重生。

用温暖的胸膛护卫着小孙子，热泪纵横的爷爷心潮澎湃，老萨克不禁联想，让生命之花永不凋谢，让家庭得以延续、传承，没有什么能比这更有意义了。

32

重症老义工

斯坦利患有严重的心脏病，已经接受多年治疗。在医生看来，这种疾病属于疑难杂症，他不能从事正常的工作，与残疾人几乎没有区别。他的身体状况好一阵坏一阵，后来终于不堪重负，不得不住进医院了。

在医院里斯坦利完全闲不下来，经常帮助医护人员做这做那，和病人们混得很熟。他一直很喜欢孩子，因此住院不久，就成了专为病童服务的义工。他的服务对象主要是重病患儿，或者是不久于人世的孩子。

在重症病房里，人们总能看到这位志愿者的身影。他不是给躺在床上不能动弹的小患者讲故事，说笑话，就是和进过幼儿园或上过学的大一点的孩子们一起做手工，做游戏。他像是他们的师长，更像是他们的朋友。

有时，难免有病入膏肓的孩子会骤然离他而去。这时，他就会宽慰那些丧失子女的父母，告诉他们自己不久也将会去天堂和亡童做伴，他仍将在那里照顾小天使，让父母免去后顾之忧。斯坦利有时甚至会率真地询问他们，有什么口信需要转达，他一定会把信息全部带到，保证完成使命。

斯坦利的承诺总会感动丧亲者，帮助他们减轻心灵的痛苦。在和病童接触中，最使他放心不下的还是一个名叫艾琳的小姑娘。她的年龄不过八九岁，她的病情怪异，病因不详。艾琳的全身几乎瘫痪，自脖颈以下，包括手脚都不能自如地活动，她的身体非常虚弱，心情也十分沮丧。

斯坦利决定帮助这个孩子，像对待孙女一样疼爱她。这位同样生病的爷爷拖着病体每天前来看望她，陪她聊天，给她讲故事。斯坦利经常为她送去图画和彩色照片。后来，又给她带来画笔和纸张，甚至是一个可以摆上画纸的画架。为了教艾琳学会画画，他示范性地把笔咬在嘴里，通过头部的摆动，让画笔在纸上作画。斯坦利在给小姑娘展示自己的作品时，不忘谆谆教诲她："你看，你也可以做到这一点。记住孩子，你一定可以完成你决定要做的一切。"

艾琳第一次开心地笑了。她经过不懈努力，终于学会了用嘴咬笔作画。就这样，她和斯坦利几乎成了形影不离的好朋友。

渐渐地，艾琳进入了康复期，医生们认为她可以暂时离开医院回家疗养。她同好爷爷、好老师、好朋友依依惜别，同时向他保证一定会回医院来看望他。

艾琳走后，斯坦利的身体情况一度有所好转，他甚至短时间地返回工作岗位，这给他和家人都带来了莫大喜悦。但他始终没有忘记自己志愿者的身份，坚持每个周末前来医院照看病童。

在一个阳光普照的星期天，斯坦利在医院的大厅里接待了一个久违的朋友——艾琳。一看到朝思暮想的爷爷，小姑娘飞奔过来，张开双手投进了他的怀抱。艾琳的妈妈开心地笑着，递给斯坦利一幅优美的画作，不过这幅画是艾琳用手绘制的。画幅下方，小姑娘用清秀的笔迹写着一行字："献给爷爷。感谢你帮助我实现了心愿。"

这幅画连同原来用嘴绘制的那一幅，成了斯坦利最珍贵的财富。这位鞠躬尽瘁的老义工，几个月以后在这个医院里溘然长逝。医院的接待大厅里悬挂着斯坦利和艾琳在一起的大幅照片。那两幅非同寻常的画作也被摆放在了醒目的位置上。

33

光明天使

琳达永远忘不了 1965 年 7 月那个炎热的夏日，她的母亲因不明的病因猝然去世，时年 36 岁。当天下午，一名执法人员前来征询琳达父亲托马斯的意见，希望他同意捐出妻子的心脏活瓣和眼睛角膜。琳达感到异常惊愕，她无法接受医生对妈妈进行解剖，将活体器官捐赠他人。

那年琳达还是一个 14 岁的少女，本来就思想抵触的她，听到爸爸竟然同意这一建议更是怒不可遏。她怒气冲天地质问爸爸："你怎么能够这样做？妈妈来到人世时是一个整体，现在也应该完整无缺地离去。"

"琳达。"托马斯心平气和地对她说，"你能够给予别人的最好礼物，莫过于自己身体的一部分。多年以前，你妈妈和我就曾商定，当我们中有一个人不幸早逝时，如果我们能深明大义，做出与众不同的义举，那我们的辞世就会具有特殊意义。”他又进一步解释说，当时他们就决定要成为遗体器官的自愿捐献者。

父亲给琳达所上的这一课，对于她的一生意义非同寻常。

时光飞快地流逝。很快地，琳达也结婚受孕，有了一个可爱的小姑娘，1980年，托马斯因患肺气肿需要照顾，便住进了女儿家里。在随后的六年时间里，父女俩经常促膝长谈，生和死乃是触及最多的话题。

托马斯常用一种轻松、幽默的口吻对琳达说，有朝一日他不得不与她离别时，希望女儿将他遗体的有用部分捐出，尤其是他的眼睛。他告诉琳达：“一个人能够留给人世最宝贵的活体，莫过于让他人重见光明的眼睛。”他同时慷慨万分地补充说，最好能用他的眼睛使一个盲童复明。并且他希望这个孩子也能画马，而且画得和琳达的女儿奥莉维亚一样出色。

奥莉维亚正值豆蔻年华，年方十四的她爱画马，达到了如醉如痴的程度，她的画作不止一次获得大奖。托马斯常用夸奖的口气对琳达说：“你想想看，要是有个家长，看到自己女儿画的马能够跟奥莉维亚不相上下，他该会有多么骄傲！如果我的眼睛能使这一切变成可能，你又该何等自豪！”

当琳达把这番表白转告奥莉维亚时，这个懂事的外孙女立刻跑进外公的房间，高兴地对他亲了又亲。同样是在十四岁这个年龄，她现在的这种表现跟当年的琳达相比，真是有着天壤之别。

托马斯是在1986年4月去世的，琳达遵照父亲遗愿，捐赠了他的角膜。得知这个消息，奥莉维亚激动地说："妈妈，你为外公所做的这一切实在令人钦佩，我真感到骄傲！"

"你感到骄傲？"琳达明知故问。

"那还用说！你想过没有，看不见这个世界会是什么感觉？如果有一天我不幸离开你了，我也要像外公那样捐出自己的眼睛。"

从这时起，琳达明白，爸爸呈献出的绝不仅是双目，他在身后还把一件光彩耀人的东西留在了奥莉维亚的眼神里，那就是自豪感。

然而，当她把奥莉维亚紧紧地抱在怀里时，琳达本人并没有料到的是，几个星期后，她重新签署了捐献器官的协议。

那是因为发生了一件出人意料的事件。活泼可爱、才华横溢的奥莉维亚不幸倒在一辆卡车的轮下，她当时正骑着心爱的马儿行进在公路上。女儿去世三周后，琳达收到了眼库寄给她的一封感谢信："我们欣慰地告诉您，角膜移植手续已经顺利完成。两个失明者恢复了视力，其中一个与奥莉维亚小姐同龄，而且是同样爱好画马的女孩。我们向这位光明天使致敬，因为她真正地热爱生活，并愿与他人分享世间美好的一切。"

34

叫他皮埃尔

克里斯蒂娜永远忘不了她生第三个孩子之后的第二天。

她的爷爷因病住院。老人已年届九旬，患的是脑血管梗阻，左侧身躯已经瘫痪，语言交流功能基本丧失。爷爷住院后，克里斯蒂娜隔三差五地前去探望，鼓励他战胜病魔，尽力诱导他说话。医生告诉家人，有朝一日，如果病人觉得有话非说不可时，或许他会创造奇迹，真能开口说话。

在克里斯蒂娜临产前几天，当她又来探视时，她发现老爷爷似乎要对自己说些什么，他先是盯着眼前的长孙女，接着又朝房门方向点了点头。老人尽力要把所思所想表达出来，可是嘴巴却不愿进行配合。孙女抱了抱爷爷，两个人都涌出了泪水。克里斯蒂娜心领神会，知道爷爷是在心疼她。由于临产在即，他不想让她过分操劳，希望她早点回去休息。不过克里斯蒂娜知道，自己的预产期还有一周，她想在这两天多陪陪孤寂的老人。爷孙之间不需要说出什么就能彼此沟通，尽管如此，长孙女还是满怀希望，倘若爷爷真能开口，就一定会给所有人带来希望。

“我明天再来看你。”克里斯蒂娜握了握老人的手，随后便向房门走去。到了门口，当她转过身来时，她看到爷爷对她摇了摇头，仿佛不同意刚才她说的话，他的心意很明白：“待在家里，好好休息。”

爷爷说的没错。克里斯蒂娜隐约感觉到自己确实需要休息了，回家七个小时以后，她被紧急送进了爷爷所住的那家医院。医生们在检查后确诊，她属于胎位前移，必须立即进行手术，克里斯蒂娜几乎不省人事，她只知道当时自己和胎儿都处在危险之中。

经过剖腹产之后，母子双双平安脱险。此刻，克里斯蒂娜正怀抱着新生儿，欣喜地躺在病床上。她的病房比爷爷的病房要低几层楼。长久地注视着漂亮的婴儿，她心想必须马上给他取个好名字。名字对孩子来说非同小可，它应该体现某种传统或愿望，能让孩子为之兴奋和骄傲。她的第一个男孩取的是她丈夫的名字达尼尔，第二个男孩用的是她爷爷的名字米歇尔。这第三个男孩要不要和她太爷爷同名呢？克里斯蒂娜实在不知如何是好，其他一些好听的男孩名字，在这个大家庭里，有的已经被重复用过两三次了。

时间飞速过去，护士又前来催促她赶快取好名字以便进行登记。突然间，克里斯蒂娜有了主意。她迅速叫来护士，交给她一张纸条，请她赶快上楼去爷爷病房一趟，纸条上清楚地写着："爷爷，我生了一个男孩。你愿意替他取个名字吗？我爱你，克里斯蒂娜。"

好几个小时过去了，长孙女始终没有收到爷爷的任何回音。克里斯蒂娜焦急地抱着小男孩，一边在手里摇晃一边对他悄声地说："别着急 ，小宝贝，你很快就会有名字了。"

不知不觉间，克里斯蒂娜的眼眶湿润了。她自然而然地想到了爷爷，想到要立刻上楼去看望他老人家。幸好就在这时，那名护士推开了她的病室的房门。不过，她脸上的表情似乎难以让人琢磨。

护士接过婴儿对她努了努嘴。克里斯蒂娜一头雾水，吃惊地问道："到底发生什么事了？快告诉我。"

护士示意她坐上一辆轮椅，同时不要说话。另一名护士前来抱走婴儿，把他送去了哺乳室。

克里斯蒂娜被人推着走过长长的过道。过道不太明亮，她很难看清周围的一切。突然间，她来到了哺乳室前。只见她的丈夫和爷爷已经等候在那里，他们的脸上都带着诡异的表情。

"爷爷!"克里斯蒂娜张开双手，眼里闪动着泪花。这是爷爷住院后第一次下楼，他们见面后彼此沉默了一段时间，随后老人慢慢举起右手，用手指头指着哺乳室方向。护士们已经簇拥着小王子来到玻璃窗前。一看到重外孙，太爷爷吃力地一字一顿地说：“叫……他……皮埃尔……我们……需要……有力量的……名字……”①

听到这里，克里斯蒂娜和丈夫一样，脸上露出了会意的微笑。

---

① “皮埃尔”是一个常用名，他的本意是“石头”。即是说，这个名字无论其拼写还是发音，皆与法语词汇“石头”一模一样。这里显然语意双关，寓意孩子坚如磐石，充满力量。

35

一双小红靴

前不久，珍妮的小外孙女艾兰娜刚度过了她的五岁生日，妈妈凯蒂给她的生日礼物非同寻常，那是一双漂亮的红色牛仔女靴。这件礼物之所以具有特殊意义，是因为那恰恰是凯蒂五岁生日时，她的妈妈珍妮在城里为她订制的小马靴。一双小红靴，服务两代人，它饱含着两位母亲的爱心。看到艾兰娜兴高采烈的样子与当年凯蒂无异，珍妮不禁开心地笑了。

与此同时，凯蒂的思绪也回到了孩提时代。对她来说，这不仅仅是出于对生日礼物的无比珍爱——那是她渴望已久的第一双真正的牛仔女童鞋，而且是因为其中深藏着一个不为人知的青梅竹马的故事，正是这双小红靴见证了当年她对一个帅气小男孩的美好感情。

那时凯蒂刚满五岁，而那个不知姓名的小男孩也只有七岁。凯蒂随着父母在乡下，小男孩则是城里来的。他的父亲是名出色骑手，一个周末的下午，爸爸带他来到珍妮夫妇养马的庄园，准备满足儿子的好奇愿望，教他试骑一匹小马。

那一天凯蒂穿着心爱的红色小马靴，正神气活现地在遛她平日最喜欢的那匹棕色小马。小男孩冲她笑了笑，彬彬有礼地向她问好。凯蒂的眼睛为之一亮，十分开心地亲自把小马送到了男孩手里。这可是破天荒头一回，因为凯蒂从来不让任何人去碰她的心肝宝贝。不用说，两小无猜的孩童就这样相识了。

是相识也是相别。不久以后，凯蒂的爸爸卖掉了这处养马庄园，小姑娘也就失去了和小男孩再次见面的机会。不过，他的潇洒和机灵已经深印在她幼小的心灵里。每当凯蒂穿上漂亮的红色牛仔靴时，她都会情不自禁地想起那个小男孩，渴望有朝一日能与他意外重逢。后来随着姑娘的长大，小红靴已经变小不能再穿。珍妮和凯蒂都舍不得扔掉它，小红靴就这样被保留了下来。

时光一年又一年地过去，凯蒂长成了亭亭玉立的漂亮姑娘。后来，她遇到了自己心仪的阳光青年玛尔提。他们幸福地结合在一起，并且不久就生下了艾兰娜。一天，在准备进行庭院售物时，珍妮和凯蒂清理旧鞋盒，发现了那双红色牛仔靴，它自然而然地又勾起了年轻妈妈的儿时回忆。她笑着对珍妮说："这双小红靴仍然完好如新。我看不如作为生日礼物送给小艾兰娜吧！"

珍妮对小红靴同样爱不释手，完全同意女儿的这种安排。

在过五岁生日的那天，艾兰娜从妈妈手里接过了小红靴，并且立刻穿上它，旋即在外婆和妈妈面前高兴地跳起舞来。

珍妮看着翩翩起舞的小外孙女，不由得想起了凯蒂当年的样子，她满怀激情地说："看到这双当年我给你妈妈买的小红靴，我仿佛又看到了她穿上它，并且骑上棕色小马的样子。可惜我们没有了养马场，艾兰娜你也就失去骑小马的机会了。"

"妈妈骑小马的样子神气吗？想不到这双小红靴还有这样有趣的故事。外婆，你能再多讲一些给我听吗？"

艾兰娜这时已经不再想跳舞，她挨着外婆坐了下来。这个小姑娘特别喜欢听故事，尤其是那些结局美好的故事。显然，小红靴和小棕马的来龙去脉已经深深地吸引了她。

这时，艾兰娜的爸爸玛尔提走了过来。他对女儿说："还是我来给你讲一个另外的小红靴和小棕马的故事吧。七岁那年，我住在密苏里州一个叫圣·路易的大城市里。你知道当年我最想要的东西是什么吗？一匹小马！我曾经对带我去过养马场的爸爸说，长大后我一定要成为一个真正的牛仔，拥有自己的养马场。我还清楚地记得，那时有一个穿小红靴的可爱的小姑娘。对了，她的牛仔靴就跟你脚上的差不多。"

听到这里，珍妮和凯蒂双双睁大了眼睛。珍妮有些疑惑和惶恐，她问自己的女婿："你说你当年只有七岁，到过一个穿小红靴女孩家的养马场?”

“是啊，那个小姑娘还把她的小棕马让我骑哩!”玛尔提毫不含糊地回答。

“天哪，玛尔提。我就是那个小姑娘，当年五岁的小凯蒂！那的确是我爸爸、妈妈的养马场。我们的女儿艾兰娜脚上的小红靴，就是珍妮送给我的五岁生日的礼物呀!”

艾兰娜望着激动不已的爸爸、妈妈，望着泣不成声的珍妮，她真心感谢这双神奇的小红靴，感谢善良而慈祥的老外婆。她知道从此以后，她和父母与外婆的心会更加紧密地联系在一起。

36

育婴高手

已经成为祖母的戴安娜，这天突然接到大儿子打来的电话，第一次喜出望外地听他说道："妈妈，明后天我有急事脱不开身，你能不能替我照顾两天小家伙?"她想都没想立即回答："不成问题。你什么时候把她送来?"

话音刚落，戴安娜便从抽屉里拿出记事本，从上面删掉了玩桥牌和打网球的预先安排。在客房里安放好婴儿床后，她就迫不及待地给几个好友发去微信，邀请他们参加一次特殊聚会，那是她为小公主的到来而专门组织的喜庆活动。这个从未谋面的小宝贝，这个自天而降的小天使，将在两天半的时间里，完完全全地单独跟她在一起。谢天谢地，她总算能圆亲自照看小孙女的美梦了。

出于女性的本能，戴安娜没有忘记自己的神圣天职。她兴冲冲地跑到书店，从那里买回一本新版的育婴畅销书。现在她唯一感到不安的只有一件事，那就是生怕自己完成不好照顾婴儿的艰巨任务。

第二天，孩子的父母过来了，他们捎来大包小裹，单是衣服就足够两个星期换用。年轻人携带的尿不湿看来可以吸干一条小河。想当年大儿子刚出生时，戴安娜可是备足了干净的换洗尿布。现在倒好，不用再为洗尿布这件苦差事发愁，真是今非昔比。不过，这么大动干戈搬来一大堆东西，实在也是太吓人了。那些毛茸茸的动物玩具如果堆放在一起，完全可以开座动物园。当然还少不了一些专用设备，比如一辆装潢考究的四轮手推车，专门安放在汽车后座可以锁上的手提睡篮。然而，最令人受不了的，是那张写得密密麻麻的未来两天婴儿作息时间安排表，何况后面还附有六页纸的详尽说明。他们想得实在周全，特地留下了儿科医生的电话号码。不过谁能想到，他的诊所可是在一百公里之外哩！幸好儿子、媳妇没有把宠物狗一起送过来，否则戴安娜非得再去准备一间狗舍才行。

作息表的说明书，对每天从早六点到晚七点的时间分配作出了精确安排，其中什么时候起床就寝、进餐喝水，乃至各种各样不可或缺的活动一应俱全，小家伙对挂在自己睡床前的这张明细表似乎十分在意。她目不转睛地盯着它，像是每个字母全都认识一般。幸好，父亲在表格末端加上了一句“附言”，声明对这番安排大可不必全盘接受照搬不误。小家伙从出生到现在不过四个月，看来还真需要四个大人披挂上阵，悉心照料，可见小家伙真的不懂怎样心疼可怜的父母和祖父母。不过说句公道话，这些名目繁多的活动，不厌其烦的解释，无不充分表明，作为第一个孩子的爸爸，他已经足够称职了。

一切安排妥帖后，儿子又想起一件大事，特意嘱咐妈妈说：“对了，必须让她一天哭闹几回。”戴安娜不禁暗自思忖：天哪，这个暴君难道真是我亲生的吗？

临行前，儿子仍不忘补充：“每次她睁眼醒来时，千万不要想着去抱她。”怎么？妈妈眼巴巴地等了四个月，想的就是要把小孙女抱个够。难道这个权利就这样被剥夺了不成？

“总之，没有规矩可不行。妈妈，你千万别违反我们的科学育儿规则。”听到这最后一句话，戴安娜气得非同小可，她恨不得马上把这对对自己讲规矩的年轻父母赶出家门。

新的一天终于来临，戴安娜五点半钟就早早起床了。小家伙还在梦乡里，她蹑手蹑脚地来到婴儿床前，饶有兴致地倾听她平稳的呼吸声。爷爷因为一早要去上班，无法分享奶奶的欢乐。这样也好，戴安娜可以独自跟小孙女一起，美美地度过这来之不易的第一天。

她根本不打算理睬儿子的那些清规戒律。小东西刚一睁眼，她就迫不及待地一把抱起。给她穿好最漂亮的衣服后，奶奶立即播放了一段优美的圆舞曲，接着又情不自禁地带着小宝贝，在客厅里旋风似地跳起舞来。喂她喝完牛奶，休息片刻，戴安娜便把孩子放进高级童车，推着她上街兜风去了。看到长得可爱、衣着光鲜的小公主，行人们常常不由自主地停下脚步，不但对小天使称赞不已，而且纷纷对奶奶表示祝贺。这一切着实让戴安娜激动了好一阵子。

下午，被邀请的朋友们如期而至，小家伙同样表现得十分乖巧，不由得又引起人们一番赞叹和恭维。后来，她睡了好长一段时间，或许这是由于她备受宠爱过于兴奋，累得够呛的原因吧。一觉醒来，换好尿不湿，她又饱餐一顿。她的上佳表现成为众人议论的唯一话题，让把她抱在怀里的老祖母乐得合不拢嘴。

能像这样不顾禁令，随心所欲地照看孙女，戴安娜心里比蜜还甜。在仔细端详小天使时，老人不禁想起小孙女的父亲童年的身影。从小姑娘的目光中，她也看到了跟自己儿子一模一样的眼神。她的眼睛一眨一眨时，总是伴随着一阵清脆悦耳的笑声。戴安娜忍不住用脸颊紧贴着她那粉红、柔嫩的小脸，贪婪地吸吮着孩子脖子四周香喷喷的气息。她感到自己遗忘这一切的时间实在太久了，这对她该是怎样的一种缺失。这种挥之不去的思念与憧憬交织在一起，让她觉得小孙女的到来，给自己的生活增添了新的活力。尽管儿子的陈规陋俗令戴安娜十分不爽，但是原先有过的各种担心，诸如腹泻和发烧，毕竟没有变成现实，因此她对儿子的埋怨和不满也就可以忽略不计了。

第二天夜晚，小公主打定主意哭哭停停，仿佛要试探奶奶需用多少时间才能赶到自己身边。每一次戴安娜都心急火燎地冲向婴儿床，尽量避免让她受到半点惊吓。孩子大约在半夜一点钟时饿醒了，奶奶给她喂了一次奶，两点半时她再次醒来，一边冲人微笑，一边自得其乐。凌晨四点时，她啃起了小手，自然又得喂一次奶。不过，这一回坏了事，五点钟时，她把喝进去不久的奶汁吐了一床。六点钟时，累极了的奶孙俩谁也没有醒来，当然更谈不上按照标准时间去进食了。

天色大亮，一切如常，随后的时间同样相安无事。小家伙又恢复了明星范儿，重新变得快乐和幸福。不过，在儿子、媳妇到来前五分钟，她却一反常态，号啕大哭起来。看来真是要命，她把作息规律忘得一干二净了。当她的父母风风火火地赶来时，看到的竟是一个头发蓬乱、衣衫不整的祖母。她把孩子紧紧抱在怀里，慌慌张张地在客厅里走来走去。小孙女不住地啼哭，老奶奶哄个不停。这时，只见儿媳冲过去一把抢过孩子。奇迹发生了，小精灵立刻安静了下来。戴安娜手足失措，她语无伦次却又徒劳无益地解释，孩子在这里的两整天，情况完全不是现在这个样子。

尽管最后一刻功亏一篑，戴安娜还是觉得，在第一次照顾小孙女的严峻考验面前，她还是交出了一份合格的答卷。

后来，大儿子又把小宝宝送来过一次，接踵而来的是一次又一次，直到司空见惯，习以为常。受到这一成功事例的鼓舞，戴安娜的另外两个儿子也竞相效仿，纷纷送来他们的心肝宝贝。不难想象，兴高采烈的戴安娜确实从开始时的无所适从，变成了一名经验丰富的育婴高手。

时光虽然过去了二十年，但是往事依然历历在目。已然完成了蜕变的戴安娜，至今清楚地记得大儿子当时忐忑不安地问她：“妈妈，你能不能照顾……”而她则是信心十足地回答：“没有问题。什么时候你把她送来？”

37

奶奶的郁金香

雅克琳奶奶的花园里种满了郁金香。奶奶名字叫乔安妮。每年春天，她都像小姑娘一样，怀着焦急的心情，等待着花卉重新怒放。在她的悉心照料下，从4月下旬开始，这些五彩缤纷的花朵，伴着和煦的春风、温润的春雨，就会相继在园中开放。乔安妮总是说：这些郁金香就像她的乖孩子，是它们美化了自己的生活，给自己带来了最大的欢乐。

雅克琳的心境恰恰相反，她一点也不愿意像鲜花那样受到宠爱。

雅克琳那年16岁，她被送到奶奶那里，是因为她的父母要去国外工作。当时这个年轻的女孩子像是受到极度惊扰，脑子里充满荒唐想法。她对父母极其不满，怨恨他们不想照管她，更责怪他们无法理解她。作为一个顾影自怜的叛逆少女，她甚至想到离家出走。

上了年纪的乔安妮显得瘦弱矮小，她的子女们，她的孙子、外甥辈都比她长得高大。不过，年轻时她有着另一个时代的传统美。一头秀发被她高高盘起，显得端庄高雅。她的目光清澈明亮，洋溢着青春的朝气和活力。她对整个家庭无比忠诚、十分尽责，对每个成员的爱真诚而又热烈。尽管如此，在雅克琳看来，较之于对父母不甚了解，她觉得更无法了解眼前的奶奶。

那一天，雅克琳像一只被打败的斗兽，耷拉着脑袋，噘着小嘴巴，极不情愿地搬进奶奶很不起眼的小庄园。她割断了与所有人的联系，闷声不响地躲进了自我封闭的厚壳里。她不允许任何人进入自己麻木不仁的内心世界，因为她特别害怕别人识破她心灵的创伤。雅克琳认为，生活其实就是一杯苦酒，只值得独自品尝。

随着一声“你好”的甜蜜问候，乔安娜兴高采烈地走进孙女的卧室，同时卷起了紧闭的窗帘。雅克琳不屑搭讪，立刻把头埋进被子里，装作没有发现奶奶的到来。

每当小姑娘不得不走出房间时，她会立刻发现很难摆脱奶奶的纠缠。她问这问那，没完没了，不是想了解她的身体状况，就是询问她对某件事的真实看法。雅克琳只能装聋作哑，故意答非所问。不过，她这样做只是枉费心机，因为老奶奶并没有因此改变态度，而是表现得对孙女更加关切。她一如既往地怀着同样的虔诚和热情，愿意与雅克琳进行交流沟通，希望借此窥探少女隐秘的内在情感。哪怕有那么几次，小姑娘多说出一两个字，或是多说上一两句话，她都会显得格外激动，高兴得合不拢嘴，仿佛收到了最好的礼物。

开始时雅克琳认为，或许奶奶误解了自己的意思。可是时间一长她发现尽管没有受过多少教育，奶奶的聪明程度并不在任何人以下。她在 20 世纪 30 年代经济大萧条时期，在只有 15 岁的年龄时便已成人妇。她生育过五个孩子，掌握了在艰难困苦的环境中如何生存的本领。她在常年打工的饭庄里学会了烹饪技能，后来有了自家经营的小餐馆。

了解了这些往昔经历后，当她向雅克琳提出要教会雅克琳做面包时，小姑娘也就不感到惊异了。不过在揉面团时雅克琳是那样笨拙，奶奶不得不把她替换下来，但奶奶仍然要求在面团没有发酵好之前，雅克琳不得离开厨房半步。正是在这些场合，当奶奶把主要注意力集中在工作而不是孙女身上时，当雅克琳有更多时间透过厨房的窗户，欣赏那郁金香盛开的小花园时，祖孙俩有了更多交谈的机会。老奶奶在聆听小孙女的倾诉时是那样神情专注，以至于雅克琳一时感到无所适从。

慢慢地随着时间的推移，雅克琳感到奶奶对她的兴趣并未减少，而她也越来越对奶奶张开了怀抱，这是一个双向互动，彼此吸引和靠拢的过程。

从这时开始，每当雅克琳感到有话要对奶奶讲时，词语就会源源不断地喷涌而出。每天早晨，她按时去上学，从不迟到。下午放学以后，她也会马上回家，不再四处游荡。这时乔安妮总是坐在自己心爱的躺椅上，耐心等待孙女归来，满心喜悦地听她报告当天学校生活的流水账。

后来，雅克琳顺利地进入高中学习。一天，她兴冲冲地跑回家，把一件大好的消息告诉奶奶：“我被任命为校刊主编了！”乔安妮听到以后乐得合不拢嘴，忍不住捉住孙女的一双小手，把它们放进她那布满褶皱的大手里，并且使劲握住不放。雅克琳目不转睛地望着奶奶，她看到老人的双眼闪闪发光。乔安妮欣慰地对她说：“你是那么了不起，我真的为你自豪！”

奶奶的话同样使雅克琳激动不已。她明白这番话比说千万遍“我爱你”更珍贵，因为她深知奶奶的爱是无条件、无保留的，更何况这里面还包含着巨大的希望和鼓励。从这时雅克琳仿佛开始感悟到，或许日后自己能够成为一个有所作为、受人欢迎的人。不错，是奶奶唤醒了孙女去发掘自身潜能的愿望，同时也提醒她不要忽视尚存的不足。

就在这一天，雅克琳暗下决心，一定要向奶奶一样真诚、乐观地对待生活，像她那样珍爱自己，关爱他人。雅克琳仿佛如梦初醒，她像是突然发现认识世界与开拓自我是那样并行不悖。一种自由自在、无拘无束地爱生活、爱他人的强烈意愿在她心底油然而生，可以毫不夸张地说，正是在奶奶的关怀和开导下，雅克琳实现了真正的自我蜕变与升华。

乔安妮是在又一个春天到来时辞世的，那是雅克琳来到她家的第四个年头。还差两个月，她就可以领取高中毕业证书了。此刻，在奶奶的小花园里，郁金香正在争相开放。

乔安妮安详地闭上双眼，躺卧在鲜花丛中。她的身边围着子女、孙子和外甥们。他们依次上前轻轻地握着她的手，温情地抱一抱她，同时眼里饱含着泪水，送上一两句最后的祝福。面对着慈祥的老人，每个人心里都情不自禁地回忆起她那充满关爱和喜悦的一生。轮到雅克琳走上前时，她在奶奶脸颊上献上深深一吻，然后执着她的手喃喃地说："你是那么了不起，我真的为你自豪！"

现在，雅克琳就要获得大学毕业证书了。徜徉在大学校园的郁金香丛中，奶奶亲切的话语似乎就在她耳边回响。她是多么希望奶奶能像过去一样，为自己的新成就感到骄傲自豪。她赞赏奶奶的和蔼可亲、坚忍不拔，称羡她的睿智与耐心。她不会忘记自己怎样从一个少不更事的问题孩子，成长为从容自若的青春少女。她也不会忘记奶奶那郁金香盛开的小花园。雅克琳再次发誓：作为奶奶的后代，她将继承老人的精神财富，并将它发扬光大。她相信自己一定不会让奶奶失望，奶奶的在天之灵也会一如既往地守护着她。

38

超级南瓜

杰西卡的爷爷安德鲁已经88岁高龄，但是身体硬朗，精神矍铄，被全家人称为“寿星佬”。他最爱的一件事，就是为他人准备意想不到的礼物。

杰西卡当年刚满十岁，是个活泼可爱的小姑娘。这一年“寿星佬”送给她的礼物极具个性化色彩，是她从来没有收到过的最好的纪念物，令她终生难以忘怀。

7月的一天傍晚，杰西卡全家去探望安德鲁老爷爷。大人们特别欣赏他耗费大量心血栽种的花圃，那里面有不少名贵花木。孩子们则喜欢爬上园中一块巨大的花岗石块，那是他们心目中的“乔治·华盛顿山”。一行人在穿过一道侧摆篱笆之后，便来到了“寿星佬”精心种植的菜园。菜园被分割成一畦畦菜地，由纵横交错的阡陌小路相连接，四周则是高大的金盏花围成的界墙。

每一年，“寿星佬”都要搭起支架，栽种不同品种的黄瓜和西红柿。此外，他还挖掘沟渠，垒起小丘，种植笋瓜、西葫芦和甜瓜。即使是那些最不喜欢吃蔬菜的孩子，当他们来到这里时，也不由得瞪大眼睛，爱不释手地抚摸那些司空见惯又十分新奇的蔬果，并对老爷爷别具匠心的菜园发出由衷的赞叹。而对习惯了城市生活的成年人来说，“寿星佬”菜园的一片翠绿，以及那由阳光和阴影交织而成的别致图形，更使他们感到目不暇接，心旷神怡。

当杰西卡和她的小弟弟尼克跟在父母身后，来到这个别具一格的园林式菜园时，他们首先就被它的对称的几何图案造型给吸引住了。仔细看去，它的景象似乎又有所不同。他们发现园子里大部分蔬菜的茎叶极为奇特，那些上面盖满灰尘的叶片有时和汽车轮胎一样大小，葡萄藤的枝茎粗得则像自行车的车把。这里、那里盛开的一些叫不出名称的菜花，不是呈长五角星形状，就是红得像罂粟花一样鲜艳。还有一些蔬菜已经开始长出果实，其中有的花冠缩卷成拳头形状，有的结成的青绿果实则和网球大小无异。

“寿星佬”用激动人心的话语告诉大家，今年他的杰作是种植超级南瓜，这一品种被称之为“大西洋巨无霸”。他又进一步解释说，它的种子首先被种在纸杯里，两个星期以后，种子将被移栽到菜园里最肥沃的一块畦地中。安德鲁还在专门种植葡萄的那块地段，预留出一处至少有八米见方的地块，准备移栽“大西洋巨无霸”南瓜。他还将在种下这个品种后，为它覆盖上麦秸秆，上面再罩上白布遮挡阳光，使它免受风雨的侵蚀。在南瓜渐渐长大以后，“寿星佬”还将为它搭起架子，让它浓密的枝蔓和宽阔的叶片形成巨大的拱顶，在拱顶的保护下，超级南瓜将会以惊人的速度生长。

杰西卡听了老爷爷的这番介绍后，禁不住笑了起来。她觉得那怎么会是超级大南瓜，分明是些像幽灵一样的矮怪物。只不过它们不是在夜间出没，而是大白天在菜园里游荡。安德鲁对小姑娘的嘲讽嗤之以鼻，继续向她解释，如果没有叶荫覆盖，日光就会炙烤南瓜的外表，使它形成难看的斑点。就在“寿星佬”和杰西卡的妈妈还在讨论，怎样使南瓜下部不受腐烂物损害时，杰西卡已经带着弟弟尼克钻到南瓜架下的密荫里去了。

转眼间便到了10月中旬，老寿星又一次邀请杰西卡一家前来做客。刚一下车，小姑娘就发现老爷爷的表现与往日大不相同，好像是变了一个人。他的面孔从来没有像这般容光焕发，目光也从来没有这样炯炯有神。以前除了展示自己的礼物时是个例外，他从不使感情流露于外表，并且总是身着工作服，手拿着烟斗，一副高级农艺师派头。可是今天，他却穿着十分随意，在和大家交谈时，总是发出一阵阵爽朗的笑声。他的无拘无束的样子，使所有人感到非常亲切。

很快地，“寿星佬”把大家直接带到了菜园里。两只硕大无比的大南瓜，形似夜空皎月，其浑圆的身躯呈现在众人眼前。

“喔！喔！”孩子们失声叫了起来。

“奇迹！奇迹！”大人们连连赞叹。

等大伙站在稍远一点的地方欣赏够了以后，“寿星佬”又要众人再靠近一些看个清楚。杰西卡牵着弟弟尼克，小心翼翼地进入这块圣地，把支架下面的浓密枝叶碰得沙沙作响。姐弟俩一遍又一遍地抚摸着表皮柔软而鲜嫩的大南瓜，试图用全力推动南瓜，好让它挪动一下。这种努力显然是徒劳的，因为它像园中“乔治·华盛顿山”一样岿然不动。

大人们七手八脚地把超级南瓜抬到了地秤上，指针不偏不倚地表明，它们每一个足有二百五十公斤重！

然而，更令人惊奇的是，在每一个南瓜上面还镌刻着潦草的字迹，那是“寿星佬”的杰作。他在南瓜还未成熟时，用小刀轻轻地刻上了杰西卡的名字和她的出生年月。在另一只南瓜上，他如法炮制，刻下了尼克的名字和生辰。随着南瓜一天天长大，他们的名字和生日也随着变大了。

在“寿星佬”人口众多的大家庭里，在他数以十计的孙辈中，杰西卡的年龄不大不小，人们通常对她漠然视之，她也觉得自己微不足道。可是，偏偏老爷爷记住了她和弟弟的生日，并且别出心裁地把姐弟俩的名字和生日镌刻在超级南瓜上，这是他送给小姑娘十岁生日的最好礼物。

杰西卡喜极而泣，一把抱住了老寿星的大腿。“寿星佬”喜笑颜开地弯下腰，让小孙女把自己亲了个够。

这两个无比魁梧的超级大南瓜，一个留在寿星的家中作为纪念，另一个则作为万圣节的礼品，被制作成节日佳肴供大家品尝。无论是用它制作的奶油瓜饼还是南瓜蛋糕，都是杰西卡从未吃过的美食。不过，让她永生难忘的更是“寿星佬”的良苦用心。在他的悉心照料下，时光让一粒并不起眼的种子，悄悄地变成了丰硕、壮美的果实，显然“寿星佬”对南瓜的期待，也是他对杰西卡和其他孩子的期待。

在杰西卡看来，如果说红色代表着激情，那么南瓜的金黄色就象征着爱。那是老爷爷大公无私、宽厚仁慈的爱。超级南瓜上刻了杰西卡的名字，寿星佬超凡的爱则镌刻在小姑娘的心里。

39

孙辈成群

米歇尔·朗德斯育有三女一子。后来，在这四个颇为独特的单亲家庭中，他们又各有一子需要独自抚养。米歇尔的身份既是外婆又是奶奶。退休以后，她在自己的金色晚年，介入了子女们的家庭生活，以一个“特殊母亲”的名义，义不容辞地和他们一道，承担起了养育下一代的重任。下面她为大家讲述的，是她的育孙故事和心路历程。

米歇尔的母亲属于移民的一代，米歇尔的一生经历了堪称完美的同化过程，完全融入了主流社会。米歇尔的外婆是在她 15 岁时去世的，她永远不会忘记那个恪守传统、饱经风霜的老人。她不仅把自己高超的烹饪才能与娴熟的缝纫技巧传授给了小米歇尔，更教育她胸怀坦荡、助人为乐。外婆用大公无私的爱哺育了她的心灵，使她受益匪浅、获益终生。

米歇尔从来没有想过有朝一日，自己也能成为外婆和奶奶，膝下会有四个活泼可爱的外孙和孙子，而她的一些昔日同事却在那里抱怨她们注定只有没有后代的命。

尽管早已过了风华正茂、年富力强的年岁，米歇尔仍在忙着给报刊写文章，为女权活动四处奔走。她毫不在意老年将至，始终觉得充满青春活力。54 岁时，她先是接受了乳腺癌切除手术，接着面临一连串治疗带来的副作用，甚至是面临接踵而至的糖尿病和吸入性肺炎这类有夺命威胁的风险。米歇尔无法理解命运给予她的这种不公正的安排。在疾病和恐惧的双重打击下，她经常扪心自问，怎么会这般年纪就要和死神打交道？在 55 岁的年华，难道她就要认真思考，怎样去安排自己的余生？她觉得头脑里一片空白，根本没有想到与后代有关的任何问题。

当米歇尔跌跌撞撞地迈进 60 岁的退休年龄时，她的生活发生了翻天覆地的变化。就在那年，大女儿告诉她自己将求助于精子银行，以便生下一个孩子。当时米歇尔关心的只是女儿的安全和幸福，并不关心未来出生的孩子。

大女儿很快就临产了。当产科医生用双手把胖嘟嘟的婴儿高高举起时，米歇尔突然感受到巨大的震撼。一阵眩晕过后，她立刻爱上了这个小宝贝。要不是护士迅速地用襁褓包好小家伙，她恨不得抢过赤身裸体的外孙抱在怀里。

就在医生为刚做完剖腹产手术的女儿进行缝合时，米歇尔被请进病房里，允许她看护婴儿一个小时。她喜出望外，打从自己完成生儿育女的使命后，她再也没有享受过对婴幼儿的强烈的爱，今天看到小泽夫红润的面庞和灰绿色的眼睛时，她不禁感到内啡肽在自己头脑里迅速升高。

随后，米歇尔又经历了其他外孙和孙子的相继出生。齐姆里的妈妈和泽夫的母亲是孪生姐妹。二女儿由于事业心太强、拒绝求爱者，直到四十岁时才收获爱情，并且同样借助于技术手段，通过接受捐助的精子受孕。米歇尔据此认定，将来长大成人后，这一对表兄弟有可能前去查询，使他们俩出生的同一个精子捐赠者究竟是何许人也。

如果说孪生的两个女儿后来都是单身母亲的话，出人意料的是，小儿子和小女儿同样先后成了单身父母，他们养儿育女的艰辛可想而知。

大女儿是第一个愿意接受介入的人。在自己也成为人母之后，她离开纽约转到多伦多工作，为的是能和米歇尔生活在一起，也为了让小宝贝能得到外婆更多的关照。自此开始，米歇尔不但因照顾了大外孙忙得不可开交，并因此感到生活充实，而且在她的生命中也衍生出一种崇高的使命，那就是身体力行去做一个“特殊母亲”或“超级母亲”。

继大女儿的孩子泽夫出生后，二女儿的孩子齐姆里也降临人间。这后一位单身母亲自顾不暇，显然希望母亲能助一臂之力，而米歇尔同样认为责无旁贷，也十分乐意为她效劳。这样，小齐姆里就和小表哥一样，成了老外婆的家中常客。

米歇尔忙得不亦乐乎，不是为他们请奶妈或保姆，就是把他们留下十天半日。她不辞辛劳地默默付出，看着他们一天天长大。天气好时，米歇尔推上双座小童车带他们外出。看到花瓣上有毛毛虫时，她会停下脚步细细观察，两个小家伙在一旁被吓得哇哇大哭。在超市闲逛时，她总是不忘买上两份冰激凌，要不就抱起他们坐上旋转木马，看着孩子在上面咯咯地开心大笑。天气变冷或是刮风下雨时，老婆婆则会坐在沙发上给他们讲故事，有些书甚至读上十遍也不嫌麻烦。她还得绞尽脑汁地回答幼童们没完没了的问题：为什么太阳晚上睡觉，月亮时圆时缺？为什么狗总要追猫，猫又要捉老鼠？诸如此类，不一而足。米歇尔常被问得张口结舌，连自己都感到不好意思。

不过母亲和两个女儿不免也会产生矛盾和分歧，她们认为外婆对外孙过于溺爱，言谈举止过于专断，不利于小家伙健康成长，米歇尔对此常常一笑了之。再说两个大外孙逐渐到了入学年龄，他们自然也就慢慢淡出了她的视野。幸好这时老三、老四又相继为她送来了小外孙约维和小孙子托马斯。

米歇尔又一次向儿女们传授育儿经，耐心地教小女儿学习哺乳，教小儿子学换尿布，重新使自己变得不可或缺。通过与小家伙们的朝夕相处，凭借对他们的细微体察，她知道孩子为什么有时会哭闹，有时会生气，知道孩子喜欢什么颜色、什么口味。她成了名副其实的育幼专家，她运用眼神与语言同小家伙交流，成了他们的知心朋友。

有时小女儿、小儿子也免不了会像两个姐姐一样数落米歇尔，责怪她有太多的传统观念和陈旧习俗。虽然老人家口头上也做些让步，但行动上几乎依然我行我素，她抱怨时过境迁，确实很难跟上它的前进步伐。

尽管米歇尔愈来愈年迈体衰，但她对孙辈们的关爱却是有增无减。夏日里，她常陪他们去海边，在阳光下看他们在海水里游泳，在沙滩上嬉戏。冬日里，她安静地坐在体育馆里，喝着热咖啡，眯起眼睛看他们在冰场上挥舞冰球棍飞奔，不停地为他们叫好打气。平日里，米歇尔有时为这个外孙送上一个新书包，为另一个孩子买上一件新衣服。圣诞节到来时，孙辈们更能收到老人家为他们准备的意想不到的礼物：一辆自行车，一部游戏机，一个多功能手机，或是一台微型平板电脑。每逢米歇尔生日或是母亲节，孩子们也会为她献上一张亲手绘制的精美贺卡，上面写满祝福的话语。有时他们更会为她送来自己精心制作的手工艺品，甚至是比赛获得的冠军奖杯，使米歇尔大吃一惊，喜出望外。

一些爷爷奶奶常发牢骚："小家伙实在让我受够了。我得尽快把他(她)送走。"米歇尔对此十分不解。她说自己从不厌烦自己的外孙或孙子，她只抱怨生命预留给她的时间实在太少，而她亏欠孙辈的地方实在太多。孙辈们对她的爱是给她的最好的回报，同时，他们健康成长也是她最大的骄傲。米歇尔觉得自己仍在和死神争夺时间，或者说在拼命拉住时针，好让它减慢速度。她满怀激情地向世人宣告：“一息尚存，爱心不灭。我不在意曾经为孙辈们付出了多少，我只希望日后他们不要忘记，有位老人永远和他们在一起。”

40

外公想当助产士

加里养育了三个孩子，现在已经年迈，到了颐养天年和关注下一代成长的年岁了。他相信自己会安稳和轻松地度过晚年，可事实并不如此。

一天，他的女儿玛丽打电话告诉他自己怀孕了，同时征询他的意见："爸爸，你愿意在我自然分娩时，给我当助产士吗？"

加里揉了揉自己的耳朵，怀疑是不是把话听错了。在听到女儿的肯定回答和在她解释完具体方案后，豆大的汗珠从加里的额头上流了下来。玛丽的丈夫史蒂夫刚接受一项新差事，要被派往几千公里以外去工作一段时间。加里的太太阿黛尔是企业主管，需要经常出差，也不可能帮得上忙。加里现在退休在家赋闲，这件任务只能落在他的头上了。

他显然不大乐意接受这项使命，便分辩说："为什么不是史蒂夫呢？他可是你的丈夫呀！”

“爸爸，我的临产期在2月份，这正是篮球联赛的赛季。我们已经商定我就在这时分娩，他是篮球教练，显然没有时间照顾我。”

玛丽的话显然符合逻辑，年轻的丈夫怎么能在婴儿出生时，置球队于不顾，千里迢迢地赶回产房呢？不过，这同样也给加里出了难题。对他来说，照顾新生儿毕竟是好多年以前的事情了。

这时，玛丽突然握住了爸爸的手，跟他旧事重提：“爸爸，我知道在小弟弟约翰出生时，你曾学习过自然分娩，应该说在这方面不乏经验的。”

尽管仍有怀疑和恐惧，但在女儿的鼓励下，加里实在无法推辞和拒绝，只能硬着头皮答应说：“你讲得不错，我不是个新手，乐意为你帮忙。”

第二天上午，加里就陪同女儿一起去看了妇产科医生。在抵达候诊室时，他听到一些人在窃窃私语，又看到另一些人皱起了眉头。加里并不是偏执狂，但是显然这些人有所误会。从等在候诊室里的十来个女人和三个男子扫描他的神情看，这些人恐怕没有把他们当成父女，而是看成老夫少妻。因此，大家无一例外地显露出迷惘的神色也就不足为怪了。

加里突然想到，可能是他那开始变得花白的胡子引起了众人的疑惑，他有些怒不可遏，难道自己真有这么老吗？

就在这时，护士点名请他们进诊室：“史先生、史太太，请你们跟我来。”

天哪，连护士也把加里当成自己的女婿史蒂夫了。他不禁提出了抗议：“小姐，我不是史……”

护士不想明白他要辩解什么，只是把玛丽领到了体重磅前：“请称一下您的体重。”说完，便合上了病历夹。

接着，玛丽和父亲便被塞进了一间十分狭小的就诊室，它的面积只有游泳池的单人沐浴间那么大。诊室的桌子上摆放着玛丽的病历，桌子上方的天花板下面悬挂着几只塑料海鸥。加里闲着无事，便用手拨弄着这些象牙白的海鸟，让它们旋转起来。

“医生，您好！这位是我父亲。”

玛丽的介绍使加里如梦初醒，医生望着他笑了笑说：“他的样子并不显老嘛！”

医生脱口而出的这句恭维话，让加里足足品味了好几个月。

玛丽躺下来让医生检查，医生在她身上连接上胎儿监测仪，站在一旁的加里可以看见一个模拟的红色小心脏，正在仪器上不停地闪动，通过一个四声道扩音设备，他还可以清晰地听到婴儿心脏的跳动声。

看着加里专注的神情，医生微笑着对玛丽腹中的胎儿说：“小宝贝，表现得好一点，让你的外公对你多一些了解，也对你留下个好印象。”

加里知道这是医生在讨好他，但他觉得很中听。他作为助产人员所接受的第一次测试就这样结束了。

这天晚上，加里破例去了图书馆。他借来许多有关分娩知识的书，把它们在桌子上摞成一摞。这些书涉及自然分娩、无痛分娩以及剖腹产，等等。看着一个花甲老人戴着老花镜，在津津有味地阅读这类图书，走过的女士们无不发出吃吃的笑声。

加里看书看到很晚，还认真地做了不少笔记。他对于尚在腹中的婴儿的心脏跳动和收缩已经了如指掌，于是，便带着巨大的收获和满心的喜悦告别了图书管理人员。

在加里准备参加自然分娩进修培训的前一周，他的妻女曾就他的助产士角色进行过一番讨论。他从她们的低声交谈声中感知了这一点。最后，她们告诉加里，非常抱歉地把他排除在外了。因为从常理上讲，妈妈更适合在女儿临产时充当助产士。

加里对此虽然心有不甘，但也无可奈何，要怪也只能怪女儿当初的考虑不够周全，害得他瞎折腾了一阵子。他不知道妻子阿黛尔做了怎样的安排，居然能腾出时间来照顾女儿。但他还是装出一副无所谓的样子对她们说：“这本来就是母女之间的事情，能改变原来的计划再好也不过了。再说，妈妈戴着呼叫器，跟女儿联系更为方便。”

看到爸爸这样通情达理，玛丽向他投去表示同情的微笑。这样一来，阿黛尔和女儿之间的交往频繁了许多。每次听完分娩知识的讲座，她们都要一起坐一阵子，在餐室里喝杯咖啡聊聊天。空暇时光，她们不是去采购婴儿用品，就是忙着设计和布置婴儿房。加里虽然成了局外人，但却有了更多自由支配的时间和空间。不管怎样，忙人也好，闲人也罢，大家都在翘首以盼婴儿的诞生。

离预产期只有几天的时候，史蒂夫在周末时出人意料地回到了家里，显然他对玛丽和胎儿放心不下。不过，周一一早，他又要急着出发，因为激战正酣的篮球大赛又在远方等待着他。在这滴水成冰的 2 月的寒冷清晨，加里载着女婿赶往机场。汽车驶过覆盖着冰雪的柏油路，把路面压得吱嘎作响。四个小时之后，当他从机场返回家中时，又忙不迭地把女儿送往医院做最后的产前体检去了。

一到诊检室，加里发现这一次换了房间。新的诊室只有电话间那么大，头顶上的塑料海鸥自然也不见踪影了。女儿又一次躺下来，医生再次为她连接上婴儿监测仪，立体声扩音装置里又传来了婴儿的心跳。不过从医生皱起的眉头上，加里似乎感到情况有些不妙。

医生在拿上检查数据出去后没有多久，一个护士便跑进诊室，摘下了女儿身上的监测仪。接着，女儿就被送到二楼的重症检测室里去了。护士们进进出出，忙个不停。大约半个小时后，一名护士前来告知加里：“史蒂夫先生，医生马上要对她进行一次体内检查，请您在外面稍等。”显然，人们不但又搞错了对象，也完全没有把他当助产士看待。

十分钟以后，玛丽在护士的搀扶下走了出来。女儿对他说：“爸爸，我们要立刻去产院，我的羊水破了。他们要马上给我接产。”

加里不是初次见到这个场面，他的二儿子皮特当年出生前也是这种征兆。

“你放心，出现这种情况是常有的事。”

加里一边安慰女儿，一边打开车门，把她扶进去坐好。

“爸爸，我有些害怕。”

有一些害怕？加里听到这话不禁浑身发抖。说实话，他心里没有一点底，不过他不能让玛丽看出蛛丝马迹。

“好孩子，别紧张。我跟你妈妈都见过世面，我们一定会帮助你渡过难关。”

他们刚驶抵产院，服务人员便迎上前来。他们显然已经接到通知，并且把加里当成重要人物对待了。有不少表格要填写，很多地方要亲人签字，加里有条不紊地办好这一切。他觉得不管孩子出生与否，反正外公已经为他开好通行证了。

随后，他带着无比激动的心情冲向电话间，他有三个紧急电话必须要打。他首先把电话打到家里，然后又打到阿黛尔的办公室，最后迫不得已拨起了她的呼叫器。但是，他完全联系不上妻子。他急得像热锅上的蚂蚁。谁能料想得到，在如此关键时刻，怎么会出现这种意外？

走进产房大厅以后，加里态度即刻发生了变化。他有足够的专业知识，完全有条件当好外公助产士，为什么不可以一试身手呢？无论如何，他现在是女儿唯一可以依靠的人。

“史蒂夫先生，我们现在要给产妇更衣，请您把她换下来的衣服拿回车上去，然后立即赶回来。”

这一回，加里完全忘记要辩解自己的身份了。完成好任务才是他眼前最紧迫、最重要的事情。

当外公助产士兴冲冲地跑回产房大厅时，他惊讶地发现阿黛尔竟然等在那里，显然她是在接到医院电话后赶来的。加里失望到了极点，不由得放慢了脚步。可想而知的是，有外婆助产士保驾护航，他只能望洋兴叹了。

加里悻悻地返回了家中。两个小时以后，玛丽从产房打来电话，向他报告了母子平安的消息，同时她又说道：“爸爸，请你帮我把化妆包拿到医院来。”

“怎么，难道你就要上班了么？”

“当然不是，爸爸。难道你不想看到一个神采奕奕的女儿吗？”

一个小时以后，外婆助产士也失业了。现在助产士总领班史蒂夫已经接班，他在转乘两班飞机以后终于赶了回来，来到了妻子和女儿身边。虽然没有当成外公助产士，不过，加里早把埋怨情绪丢到了脑后，因为他现在终于成为外公了。

五

就我而言，生命的意义在于设身处地为他人着想，爱他人所爱，忧他人所忧。

——[美]爱因斯坦

41

穿军装的天使

这是一个发生在菲迪南家族的真实故事，它距离现在已有半个多世纪了。

1946 年前后，一些美国士兵从欧洲战场陆续归国。当时在全美各地，人们常常可以看到身着军装的复员士兵，风尘仆仆地等候在公路旁，准备拦车搭乘返回故里。这种司空见惯的场景成了战后美国一道特殊的风景线。

菲迪南的父亲鲁伯特也是一名退伍老兵，他虽然已和家人幸福团聚，但是好景不长，他的母亲，也就是小菲迪南的祖母萨曼莎，因为急病住进了医院。她患的是肾脏疾病。医生们告诉鲁伯特，她急待输血抢救。如果在 12 小时之内找不到血源，人们将无法抢救他母亲的生命。然而，问题的关键在于萨曼莎的血型是 AB-型，这种血型今天都异常稀少，更不用说在当时既没有血库，也没有空运输血的条件下，找到这种血型的人简直比登天还难。

医生们逐个地化验了鲁伯特家庭成员的血样，没有一个人符合要求。全家人绝望到了极点，老人家濒临死亡边缘。

泪流满面的鲁伯特只得离开病房，准备把家里人载到医院，好让他们与萨曼莎作最后的告别。半路上，他碰到了一个拦车搭乘的老兵，这个复员的大兵恳请鲁伯特带一段路。同是天涯沦落人，鲁伯特虽然并不十分情愿，但是出于同情和关心，还是搭载了这个陌生人。

看到车主人满脸愁云，唉声叹气，老兵问他到底发生了什么事，或许自己能够助一臂之力。不抱任何希望的鲁伯特告诉他，妈妈病重住在医院。医生嘱咐家属在今夜前必须找到AB-型的血源，否则老人便有生命之忧。

接着，车子里出现了一阵沉寂。没过多久，那名老兵把手伸向了鲁伯特。他的手心向上，手里攒着一条项链。这条项链原来一直戴在他的脖子上，项链下方悬挂着一个小小的金属身份牌，鲁伯特使劲地眨了眨眼，终于看清楚那上面刻着老兵的血型：AB-。

喜出望外的车主和沉着冷静的老兵，忘情地拥抱在一起。这时，只听见老兵轻声提醒他："还不赶快调转车头去医院!"

由于抢救及时，萨曼莎起死回生，不能不说这是人间奇迹。但是，当人们把她送回病房时，鲁伯特和其他人却看不见输血老兵的身影。不知道这个士兵的姓名，成了他们一家人的终生遗憾。萨曼莎不住地对众人说："他是穿军装的天使！他是穿军装的天使！"

陌生士兵的爱心和善举不仅挽救了萨曼莎的生命，而且感动了在场和不在场的人们。时至今日，他的事迹还在这个小城里流传。至于菲迪南，则把这个救命恩人的故事讲给了自己的儿孙，他希望他们把这个故事流传下去，直至永远。

42

发现财富

玛丽是一家大型企业的高级主管，她认为这一成就的取得，应拜一次非同寻常的亲身经历所赐，它令人大开眼界，使人感慨万分。这一切要从她所组织的一次别开生面的圣诞庆祝活动说起。

那时，玛丽还只是一个小部门的负责人，手下的工作人员不足十人。平淡单调的职场生活使她感到索然无味，她经常埋怨周围的人际关系过于冷漠。过去，每逢圣诞节降临时，依照惯例，单位同事都要互赠精美贺卡，它们经常价格不菲。尽管当时场面看上去热闹非凡，可是节日一过，这种表面上欢乐的气氛也就烟消云散了。

又一个圣诞节即将来临，玛丽这时突发奇想。一天在举行晨会时，她用试探的口吻询问大家："今年我们改变一下老传统，换一种新鲜方式贺节怎么样?"看到众人惊愕的表情，她笑了笑说："我想大家不用再花钱买贺卡来表明心迹、传递友情。这一次我们不妨采用彼此当面评价的方式，用三言两语来表达对对方的敬意。你们说，这样做是不是显得更有意思?"大家对于这一建议无不拍手叫好。

圣诞节前夕，玛丽把同事们请进了办公室。作为主持人，她提议先为这次特殊聚会制订一些规则。比如，在一个人受到对方恭维时，他或她不能用"谢谢"作答，而是必须选择另外的方式表示感谢。此外，在人们恭维别人或受到恭维时，难免会出现尴尬场面。因此，如果确实感到为难，可以放弃当面表达情感，不妨选取会后进行沟通。不便时允许保持沉默或停顿片刻，只要彼此心照不宣就行。总之，每个人可以相机行事，不受任何约束。

会场上玛丽惊讶地发现，人人似乎成竹在胸，看来事前早就作了精心准备。当时，有的人采用讲故事暗喻真情实景，借用这种奇特手法，展现自己的文化素养和生活阅历；有的人则用直言不讳的方式，开门见山地表白自己的真实情感和内心感悟。在聆听男女同事们感人肺腑的倾诉时，玛丽发现了他们身上的许多个性特征，这一切是她过去未曾注意到的。

经过共同协商，大家约定发言时必须采用同样的开场白："您的光临……"笑声过后，同事们争先恐后地抢着表白。一位女士对当面的男士说："您的光临赋予我莫大荣幸，我特别赞赏您对我展现的宽宏大度。"她的对手彬彬有礼地回答："您的光临带给我巨大快乐。正是由于有您在场，我才完全感到放心。”另一位接着对他的同事说：“您的光临对我是极大鼓励，在日常工作中，是您把耐心细致作为礼物送给了我。”他的同事同样有感而发：“您的光临对我也是无形鞭策。我赞赏您一贯谦虚谨慎、兢兢业业。”随后，又一位发言者恭维他的同伴：“您的光临减轻了我的压力。当我初次见到您时，我就感到选择现在这份工作，对我来说真是适得其所。”他的同伴立即回答：“您的光临使我倍感温暖，您的合作对大家都有所裨益。”如此等等，不一而足，显而易见，这些肺腑之言使每个人都获益匪浅。

这种众人共享的友好氛围持续了整整一个小时。人人意犹未尽，个个不吐不快，大家都陶醉在其乐融融的快感中，沉浸在无比欢乐的幸福里。玛丽确信，这一天他们真正收到了最珍贵的圣诞礼物。这种饱含着理解、信任、尊重和宽容在内的诸多美德，足以令每个人受用终生。在后来的许多场合，她都不胜感慨地告诉听众：“事实上，你能给予他人的最好东西，并不是和他分享您的财富，而是教会他如何发现自身的财富，因为每个人都拥有自己的特殊财富，如果我们对他人的独特品质和优良作风视而不见，充耳不闻，那就是忽略了这些财富存在的真实价值，是对弥足珍贵的精神财富和社会资源的巨大浪费。”

43

一块钱的智慧

在一个边远的小城里，一个名叫西尔斯的年轻人新开了家商铺。确切地说，这只是个寒酸的小店面。年轻人和蔼可亲，与人为善，很快成了大家的朋友，使这家小店在街坊邻里间博得了好名声。不久，年轻人扩大了经营规模，尔后又另开了一家大商店，日复一日，年复一年，最终建立起了庞大的商业王国。

若干年后，这个当年的年轻人积劳成疾，病入膏肓。在得知自己来日无多时，他把三个儿子叫到病床前，语重心长地对他们说："这份产业来之不易，凝聚了我的毕生心血。我希望你们能挺身而出，用心经营，把它发扬光大。你们三个人都有可能成为继承人，不过我只能选择一个来接班。谁能入选，就要靠你们的智慧和心计了。"

说完，他从口袋里掏出三张面值一块的钱币，再把它们分别交到每个人手里。他叮嘱他们立即出发，天黑时必须返回，同时把各自用一块钱买的东西带回来。不过，他要求这件物品一定要把病房填满才算合格。

三个孩子怀揣着主宰这笔巨大财富的美好愿望出发了。到底谁能脱颖而出，如愿以偿呢？

夜幕刚降临时，指望捷足先登的大孩子最先回来了。他的肩上扛着捆干草。躺在病床上的父亲焦急地问道：“老大，快告诉我，你用一块钱买回了什么？”

“好的，爸爸。我去了一处农庄，在那里用一块钱买回了两捆干草。”

“两捆干草怎么能填满这个房间呢？”

“这不成问题。”老大边说边扯开草捆，随手抓起一把把草秸，用力地把它们撒向空中。这些干草虽然一时间纷纷扬扬，在病房里四处飞舞，不过很快地，它们全都飘落了下来，最后撒满了地面。显然，老大的指望落空了，老父亲也轻轻地叹了口气。

片刻之后，老二兴冲冲地赶了回来，两只胳臂下面分别夹着一个枕头。老人同样急切地问道：“老二，快告诉我，你用一块钱买回了什么？”

“好的，爸爸。我去了一家商场，在那里用一块钱买回了两个羽绒枕头。”

“你说什么，枕头怎么能填满房间呢？”

“别急，爸爸。我变个戏法给您看。”说完，老二拉开枕头拉链，从里面抓出羽绒，一把把地把它们用力撒向空中。刹那间羽绒漫天飞舞，不过很快地，它们也都慢慢飘落下来，最后同样铺满了一地。显然，老二的梦想同样破灭了，老人又不由自主地叹了口气。

当天色完全黑下来时，老三提着一个小纸袋走进了病房。看到他不慌不忙的样子，老人关切地问道：“老三告诉我，你用一块钱买回了什么？”

还没等弟弟开口，两个哥哥便用幸灾乐祸的口吻同时说道：“是呀，真不知道你能买回什么稀罕的东西。”

“爸爸，哥哥，我来告诉你们。”老三胸有成竹地回答，“我跑了很远的路，找到了爸爸最早开的那个小店铺，我想知道老人家是怎么起步的。那里的老店员告诉我，您留下了一个锈迹斑斑的储蓄罐，说那曾是您的聚宝盆。现在遵照您的吩咐，它已经变成了募捐罐。我看了看店里并不起眼的商品，用五分钱买了一支蜡烛和一盒火柴。剩下的那九角五分零钱，我全都投进了募捐罐里。这些钱积少成多，日后一定会对需要它们的人有所帮助。”

说完，他从小纸袋里拿出蜡烛和火柴盒，然后取出一根火柴，迅即点燃了蜡烛。接着，他又走向房门口，轻轻关上门旁边的电灯开关。房间里一下子只剩下熊熊燃烧的烛光，它把整个病室完完全全地照亮了。

此刻，西尔斯激动得热泪盈眶，两个哥哥羞愧得无地自容。在老三用烛油把蜡烛牢牢地粘在桌面上后，老父亲一把拉过小儿子，把他搂进自己的怀里，然后深情地说："智慧和勤奋是成功的诀窍。看来，你学会了怎样用自己的光芒照亮四方，你更拥有善良和爱心，懂得用纯洁的心灵照亮阴暗的病房，这正是为人处世的根本。孩子，再耀眼的蜡烛终会熄灭，只有真爱才能永远照亮自己、温暖别人。我会放心地把产业交到你的手里，相信你将永远立于不败之地。"

44

意外抛锚

曼迪的父亲伦纳德助人为乐习以为常，他从未教诲女儿怎样待人接物，而是以身教胜于言传的方式，让她在日常生活的实践中获得感悟，使关爱他人的高尚品质在灵魂深处扎下深根。于细微处见精神，这种博爱的思想同样体现在一些素不相识的人身上，这令曼迪更加坚信，潜移默化的传承具有非同寻常的影响力。

曼迪原来是一个行为任性、我行我素的姑娘，为人处世常常以个人好恶作为标准，很少顾及他人的利益和感受。

一天，天上下着蒙蒙细雨，伦纳德正开车送女儿去同学家，汽车在一条砾石小道上缓缓行驶后，终于开上了高速公路。不过，很快地他在一旁的护道上停了下来。

“怎么了，爸爸？为什么我们要停车？”曼迪焦急地问道。

“那边有位女士，看上去她遇到麻烦了。”伦纳德耐心地告诉女儿。

“哪个女士？她跟我们又有什么关系呢？”

“你看见后面那辆小卡车了吗？有位女士坐在车里面，脸上一副焦急的模样，我看她需要帮助。”

“爸爸，我看用不着你去帮忙。别人不是同样可以做这件事吗？”

“听着女儿。”伦纳德神情庄重地对她说，“每个人不是独自生活在封闭空间里，自然免不了一时会出现难处，需要别人伸出援手。我之所以要去帮助那个女士，是因为完全可能有一天，我的宝贝女儿你的汽车也会出现故障，需要别人来助你一臂之力。现在你在这里先坐好。我去看看情况，很快就会回来。”

伦纳德冒雨向小卡车走去，曼迪不禁陷入了沉思。是啊，再过去一周时间，她就可以拿到临时驾照了。她不难想象，作为一名新手，她在驾车初期，少不了会遇到麻烦。那时要是她同样陷入困境，没有人来关心她，自己又该怎样焦急和尴尬。慢慢地，女儿对父亲的善举有了不同的认识。

五分钟以后，伦纳德折身返回。

“她没有汽油了。”

“我能帮她做些什么呢？”

“我的后备箱里有只盛汽油的塑料桶。在这条路的不远处有个服务站，去那里就能解决问题了。”

“我跟你一起去。”

看到爸爸的衣服已被雨水淋湿，大粒水珠正从他的额头上流淌下来。曼迪觉得十分过意不去，就为父亲撑起了雨伞。一到加油站，伦纳德就用塑料桶灌满了汽油。在付完费后，他要女儿步行去不远处的同学家，自己再返回去帮助那位女士。曼迪在爸爸前额上亲吻了一下，随后就消失在细雨中了。

一周之后，曼迪考取了临时驾照。又过了一段时间，她获得了正式驾驶的资格。她还有一年就要从大学毕业了，能够亲自驾车去学校，兴奋的心情可想而知。

秋去冬来，曼迪轻快地驾驶着父亲为她选购的“火鸟”牌小轿车，几乎没有发生过任何意外。但是好景不长，因为第一个冬天对她来说毕竟是个严重考验，而她则完全缺乏雪地行车的经验。

一天，曼迪一如既往地驱车前往学校。上午还是晴好的天气，但是，下午却出人意料地飘起漫天大雪。离校回家时，地面的积雪已有五十公分。起初，在穿过头两条街道时，她还能操作自如，并对当时的好运气感到庆幸。但是，在穿过一处交叉路口时，她的汽车意外地抛锚了。曼迪使出浑身解数，汽车还是原地打转。

就在曼迪感到一筹莫展时，她听见有人在敲自己的汽车窗户，并且用友好的语气询问她：“小姐，您需要帮忙吗？”

曼迪稍稍摇开了一点驾座旁的玻璃窗，以免袭人的寒气过多地进入车内。

“是的。我的车轮陷在深雪里动弹不得了。”

来人是个身材高大的黑人男子，他迅速地看了一眼“火鸟”的状况，然后建议道：“您握好方向盘，慢慢启动加速器，我在后面推它。”

“好的。”曼迪喜出望外地回答。

“小姐，现在请您矫正车轮。”

陌生人试着推动汽车，同时又补充了一句：“再提高一下车速，只要提高一点就行。”

汽车轰的一声向前一跃，就像飞机一下子离开了跑道。在曼迪脱离了险境以后，陌生男子对她做了一个手势，示意她平安无事了。

“谢谢您，先生。”曼迪从钱包里取出五美元，想都没想就打开车门，把钱塞进了他的手里。

“很抱歉，我不能接受您的好意。我这样做，只是因为看到您遇到了麻烦。一年前的今天，我同样也深陷在雪地里，是一对情侣帮助我摆脱了困境。我只是效仿他们，做了自己应该做的事。人人为我，我为人人。您无需感谢我，报答我。您只需要日后传承这种精神，在别人有求于您时，毫不犹豫地伸出援手就行了。”

说完这几句话，黑人青年把钱还给曼迪，便大步流星地赶往前方了。

“谢谢！我会记住您的话。”

黑人青年的身影消失后，曼迪谨慎小心地重新发动汽车，平安无事地回到家中。躺在客厅温暖的沙发里，爸爸夏天帮助无名女士的情景和陌生青年今天援助自己的场面，交替出现在曼迪的脑海里。此刻她比任何时候都更明白：

生活是最好的教育。

众人是最好的老师。

45

睡袍

米歇尔那年刚几岁，他生活在一个偏远地区的小村子里，那时正是欧美经济大萧条时期。村庄道路崎岖不平，遍地泥泞，汽车很难开得进来。村子里既没有电话，也没有电灯。由于物资极度匮乏，人们的生活异常艰辛，时常要靠邻里相互帮扶才能渡过难关。时至今日，1929 年深秋时节风雨之夜的那幕场景，仍然十分清晰地呈现在米歇尔的眼前。

故事发生在那年的 9 月中旬，一场前所未有的暴风雨不期而至。滂沱大雨猛烈地敲击着窗户玻璃，震耳欲聋的雷声仿佛要把小木屋击垮。餐桌上放着一盏煤油灯，飓风从门缝里一阵阵吹进来，把微弱的灯光吹得不住摇曳。

小米歇尔从来没有经历过种场面，他被吓得六神无主，魂飞魄散。他的爸爸不在家里，为了挣钱养家糊口，爸爸背井离乡外出寻找工作去了。家里现在只剩下母子俩相依为命。

与小米歇尔担惊受怕的情形截然相反，面对着恶劣的生存环境，他的妈妈忙碌依旧，表现得从容不迫，临危不惧。此刻，她正在灯光下为孩子一针一线地缝制着过冬的棉衣。

“妈妈，我不需要新棉袄。”依偎在南希身边的儿子懂事地说。他觉得此时此刻，自己更需要的还是妈妈的温暖和安慰。

南希把小家伙搂进怀里，亲切地对他说：“你需要穿得既暖和又体面，因为你要上学校。”

“可你连件像样的睡袍都没有哇！”

“那又怎么样？爸爸说过保证满足我们的需要，他会兑现自己的承诺，不过现在还不是时候。你用不着替我操心，好孩子。”

南希坚定的信念和无畏的神情让小米歇尔打心里佩服，尤其在这个雨骤风狂之夜，他觉得自己更离不开妈妈的保护。

突然间，一股嗖嗖的冷风从屋顶上的烟囱里吹了进来，使炉灶里看上去似乎熄灭的炭块重新闪出了火星。

“今天晚上，我们可以关上大门吗？”米歇尔不安地问道。

妈妈冲他笑了笑，然后用小铲子铲起一撮烧尽的炉灰，把它们轻轻地撒在炽热的炭块上。“孩子，外面又是风又是雨。你知道遇上这种天气，我们从不关门，邻居们也不会这样做，因为在风雨交加的情况下，一些走投无路的人会前来寻求庇护的。”

说完，南希端起煤油灯，准备向卧室走去。小米歇尔抓住妈妈的衣襟，紧紧地跟在她的身后。

刚刚走进卧室，就在南希准备脱下缀满补丁的睡袍时，母子俩同时听到从客厅里传来哐当一声。门被风一下子吹开了，夹杂着暴雨气息的狂风，把客厅里的部分物品吹得不停地旋转，然后又把它们抛撒一地。随后仿佛风停雨住，原来门又被人关紧了。

“好大的响声，应该是风声或雷声吧?”妈妈拿起煤油灯，转身返回客厅。米歇尔仍然紧跟着妈妈，他害怕一个人留在黑屋里。这时，首先映入他们眼帘的是被风刮到地上的南希的针线篮，还有没有做完的给米歇尔的棉衣。接着，母子二人又看见木地板上满是泥浆的脚印，它们从大门口一直延伸到取暖炉对面的沙发旁边。

一个浑身湿透、头发蓬乱的老人，此刻正塌陷在沙发里。他穿着一件沾满泥垢的深色上衣，个子不高，身体墩胖而结实。他的左手拿着一只空啤酒罐，嘴里呼出的是阵阵酒气。

“妈妈，是哈尔先生。”

南希瞥了一眼，点头称是。这时，她迅速拿起小铁铲，从炉灶的灰烬里挑摘出没有烧透的炭块，把它们放进客厅当中的取暖炉里。随后，她又在上面放好平日引火用的小松枝，枝条很快燃烧起来，屋子顿时变得格外温暖。

“我现在去厨房煮咖啡。”妈妈嘱咐儿子说，“你在这里照看好火炉，帮助哈尔先生取暖，让他把衣服烤干。”

"没问题，妈妈。不过，他像是喝醉了。"

"是的，醉得不分东南西北，认不清自己的家门了。"

"妈妈，他家离这儿有半公里远哩！"

"不错，孩子。不过，哈尔先生从来不是真正的酒鬼。今天晚上他可能出了什么事，我们不要责怪他。"

米歇尔知道每个星期一早晨，有人会把哈尔先生接走，送到镇上的一家小裁缝店。他在那里一天要工作很长时间，直到星期六下午，才疲惫不堪地拄着拐杖踱回家来。

仿佛猜到孩子想到了什么，南希悄声地对米歇尔说："他独自一人，肯定感到非常孤独。"

依靠在客厅的墙角，米歇尔若有所思地问妈妈："要是村里和镇上的人知道哈尔先生喝醉了，他们会说些什么呢？"

"不会有人知道这件事，你懂我说的意思吗？"

"当然明白，妈妈。"

外面的暴风雨开始变小，这时南希走近老裁缝，递给他一杯滚烫的黑咖啡。她吃力地扶起老人的身子，示意他慢慢地吞咽下去。哈尔一口气把咖啡喝完，然后睁大眼睛，喃喃地说："你是南希，谢谢！"

"是我，哈尔先生。您还需要些什么吗？"

哈尔摇了摇头，眼里闪着感激的泪花。

风停雨歇之后，老人家从沙发里慢慢直起身来，他叠好盖在身上的薄毯子，然后拄着拐杖，颤颤巍巍地走出客厅。

再一次谢过女主人后，他轻轻推开了房门。

南希和米歇尔怀着怜悯与关切之情，注视着渐渐远去的哈尔的身影。夜空中不时闪耀着电光，为他照亮了前行的道路。

“看来，我们的客人平安回家没有问题了。”

“妈妈，你为什么说他是我们的客人呢？”米歇尔忍不住问了一声。“他只是我们的邻居，我们并没有邀请他呀！”

“客人就是光临我们家同时没有恶意的人，这跟邀不邀请他没有关系。说到邻居，最重要的就是彼此间要互相关心和帮助。哈尔先生的来访正好给我们提供了这种机会。”

几个星期之后，放学回到家里时，米歇尔看到桌上摆放着一个用棕纸包着的包裹，上面醒目地写着“南希女士收”。

“这可能是老裁缝让我转交给西尔顿先生的，上星期他给儿子订做了衣服。他儿子跟你个子差不多，你打开来看看吧。”忙着干活的妈妈对米歇尔说。

小男孩小心地开打衣包。突然，他高声地喊叫起来：“啊，妈妈！这是给你做的睡袍，它真漂亮！”

南希闻声赶过来，她看见儿子手里高举着一件崭新的睡袍。迟疑片刻之后，她接过衣服同时转过身去，她先把左手伸进衣袖，接着又伸进了右手。看到这个场景，米歇尔觉得不知不觉间，自己似乎明白了什么是真正的邻里关系。就在这时，南希也正缓缓转回身来，只见她身上罩着一件湖蓝色的新睡袍，衣服是那样精美合体，妈妈是那样光彩照人。

46

拆迁钉子户

贝里第一次到艾迪丝家里去探望，便感到发怵不已。在拿到她的相关材料之前，有关她的各种传言早就灌进了这个高大男人的耳朵里。贝里在一家房地产开发公司工作，负责一处建筑工地的管理业务。当时，开发商们相中了巴拉尔这座美国东部的滨海小镇，准备在那里兴建一个大型商业中心。他们得到了觊觎已久的一切，但是一幢其貌不扬的独立小屋却成了横在他们面前的拦路虎。

工期十分紧迫，时间就是金钱。于是还未拔掉这个钉子户，开发商便迫不及待地开始了周边地带的建筑工程。住在这幢简陋小屋里的女主人，只要见到有人来访，无一例外地全让他们吃闭门羹。这一天，艾迪丝在收拾院子时，贝里不期而至。他彬彬有礼地对老妇人说："亲爱的夫人，我是附近这块工地的监理。我遗憾地告知您，工程马上就要开工。车辆的来来往往会给您带来麻烦，机器的轰鸣和嘈音也会给您造成干扰。因此，如果您有哪些地方感到不便，无论出现什么问题，都烦请您立即告诉我。这是我的名片，上面有电话号码。”

“您真够客气的。”艾迪丝接过名片，用毫无恶意的目光打量着贝里。看上去，他们似乎有进一步打交道的可能。

老太太前院的栅门离贝里用来办公的工棚不过十来米。每次看到她出门，工地监理就迎上前去，有事没事地聊上三五分钟。一天上午，艾迪丝出其不意地给贝里打来电话，吞吞吐吐地问他是否有意陪她去趟理发店。后者自然乐于奉陪，不过他还是有些困惑不安，因为在老太太的语气里，分明带有保持自尊的明显意味。在此之前，每当贝里想去探望，以便了解一切是否如常时，他都得装作偶然出现的样子，以免被当成不速之客，遭她一顿叱责或怒骂。

按照约定的时间，贝里来到了她那破旧不堪的小轿车前。这是辆 1989 年生产的雪佛莱，车头部分已经凹凸，但是看上去还算结实。在驾驶的座位上，女主人放了一块厚厚的坐垫，为的是能够看清方向盘前的一切。贝里在迈进车里时，头不小心撞上了车顶。

“我以为你比我高不了多少哩!”艾迪丝笑着打趣说。

“我不但长得比你高，而且长得比你胖。对不对?”贝里用同样诙谐的口吻回答。

做完头发冷烫之后，贝里把老太太送回家，她向这位男士表示了谢意。“不用客气，只要您有需要，请随时给我打电话。对了，我还要说，艾迪丝，您的发型太好看了。”

随着时光的推移，他们的接触越来越多，关系也变得越来越密切。六个星期以后，当贝里又一次来找艾迪丝，准备送她去理发店时，只听见她大发雷霆：“今天上午我收到一个通知，它使我非常不快。我一定要跟你实话实说。你们这些人一直纠缠我，打扰我，没完没了的。凭什么一定要我搬走？别再做这种徒劳无益的蠢事了。”接着她又补充说，“你的老板满嘴甜言蜜语，说得天花乱坠，他到底在打什么主意，我心里一清二楚。我绝不会让他如愿以偿！”

面对着艾迪丝咄咄逼人的态度，贝里和颜悦色地回答：“听我说，朋友。我只是雇来监管这处工地的员工。您留下还是离开，的确跟我没有关系。不过，我还是想知道您为什么这么坚决地拒绝搬走呢？”

艾迪丝不再盯着贝里，而是把目光转向窗口。平静下来以后，她缓缓说道：“到哪里去？我没有亲人，这儿是我的家。我母亲就死在这所房子里，死在这张沙发上。那时她病得很重，无人照料。我迫不得已离开英国来到北美。我答应在这里陪伴她，直到她最后一口气，我绝不会把她送到任何养老机构。我信守了诺言。现在轮到我到了晚年。我独自一人又在这里生活了多年，熟悉了这百年老屋的一切，对它产生了深厚的感情。我早已和它连为一体。我要像妈妈一样老死在这个屋檐下，死在这张沙发上。”

在贝里眼里，艾迪丝是那样坚强又那样柔弱，易受人伤害又不堪凌辱。在她的身上有着一种独立不羁的性格。被她的言谈和经历所感动，贝里觉得在自己心中，不由自主地升起了一种奇特的情感，那就是关爱她，保护她。

在随后的日子里，开发商派来了一名摄像记者，让他从里到外，从不同角度拍摄下这间老屋。老板信誓旦旦地向老妇人承诺，会另选地址为她复制这所房子，并为她提供一百万美元的拆迁补偿。

“为什么我需要一幢新屋，需要一百万美金？只有躯壳，没有灵魂，我要那没有生命的东西有什么用？”艾迪丝义正词严地拒绝了这一诱惑。

几个星期又过去了。艾迪丝的老房子本来看上去就显得异常陈旧，不堪入目，现在四周的旧宅已经拆除殆尽，它更是孤零零地挺立在一片废墟中，其景象就像惨遭过战火蹂躏一般。

没过多久，贝里开始陪她去看医生。再往后，工地监管替她挂号，带她看病就成为家常便饭了。一天，贝里送她回家时，听见她独自唠叨还没有准备晚餐，当时恰好工地上的一位同事要去买快餐，于是贝里便为她订购了一份汉堡包和一杯香草牛奶。老太太把牛奶喝得一滴不剩，最后还把香草梗放在嘴里咀嚼。从此以后，她每周都请求贝里不要忘记为她代买一份甜食。

一次，贝里在艾迪丝卧室内布满灰尘的书架上，看到一张她年轻时拍摄的照片，那时的青春少女英姿飒爽，意气风发。她告诉身边的朋友，自己曾是英国一所著名音乐学院的高材生。“二战”爆发后，她加入英国的情报组织被派往德国执行任务，后来不幸被纳粹俘获并被关进集中营，随后，她又成功逃出魔窟返回英国，这段漂泊传奇令贝里不胜唏嘘。

又一次，贝里在她客厅的角落发现一只锈迹斑斑的单簧管。艾迪丝又对他说这是一位亲戚送给她的纪念物，他曾是全美最享盛名的爵士乐队指挥。她那时不仅是单簧管的出色演奏者，还师从一位才华横溢的舞蹈大师学习现代舞，并多次参与赴全美各地的巡回演出。艾迪丝的多才多艺更令贝里对其刮目相看。

当商业中心渐渐显现出它的庞大身躯时，艾迪丝收到了社会服务中心的一份通知，动员她搬入专门的接待机构居住。这一建议理所当然地遭到了拒绝，接待中心又打电话给贝里，询问万一艾迪丝出现意外时会作何处理。贝里告诉他们，从他办公室到艾迪丝家不过一步之遥，他会时刻关注她的动静。这件事对贝里来说无疑是一次提醒，使他意识到老年人必须面对的风险与挑战。他明白帮助老人，首先就是关心他们的生活，为他们分忧解难。每当贝里想帮艾迪丝擦拭双手，或替她系好鞋带时，她都会婉言谢绝，并且嘟囔着说：“我可以自己做。”很显然，她不愿成为别人的负担，希望保持自己的尊严，对于一个有着丰富生活经历的老人来说，有这种想法更不足为怪了。

秋天来了，白昼越来越短。贝里毕竟有自己的家庭，不可能把精力全放在艾迪丝身上，周末，他不再去她那里。但是，平日上班时，只要自己有空，或是老太太需要，贝里依然前去看望和帮忙。实际上，艾迪丝已经完全离不开他了。天色很晚时，贝里疲惫地回到家里，可是老妇人仍会时常打去电话，想方设法找出一个又一个借口，让贝里再返回她的住所。

贝里对家人深感内疚。他的太太对此十分坦然，并为他感到骄傲。她说，只有像她丈夫这样心胸开阔、心地善良的男人，才能忘我无私地做到这一切。

这一年冬天，艾迪丝多次摔倒。贝里前去探望时，经常发现她不是倒在门旁边，就是摔在地板上。一天深夜，老太太突然打电话给他，说自己不慎再次摔倒了。贝里赶到时，发现她早已守候在门口，手里拿着一只装满热咖啡的保温壶。艾迪丝为自己的莽撞行为表示道歉，此情此景令贝里不禁心头为之一热。艾迪丝的嘴唇动了又动，“谢谢”两个字似乎就要脱口而出。但是在最后时刻，矜持的老太太仍然保持着无动于衷的态度。贝里走上前去，轻轻地吻吻她的额头，然后温存地对她说：“我懂得你的心意，老朋友。现在，你该好好休息了。”

然而，一个令人明显不安的事实是：艾迪丝日渐虚弱，身体状态每况愈下。贝里终于成功地说服她住入医院，以便更好地接受观察和检查。医院的诊断结果表明，艾迪丝患了肝癌，癌细胞已经开始扩散。

此时艾迪丝已有85岁高龄，但她依然精神矍铄，依然希望主宰自我。不过，在贝里心中，艾迪丝早已是自己家庭中的一员。基于对她健康状况的关注，贝里建议她接受化疗或进行手术。艾迪丝对此一笑置之，看上去她的心情相当放松，甚至给人以如释重负之感。

出院以后，她平静地回到自己简陋的小屋。在贝里住进工地的两年后，2008年6月15日，艾迪丝溘然长逝，安息在母亲去世的那张长沙发上。

艾迪丝始终没有理睬开发商的眷顾，她在临终前把小屋转赠给了一位建筑设计师，他也是一位社会活动家和慈善家。为了表示对艾迪丝的深切怀念，这位受赠者决定保存这幢非同寻常的百年老屋，并对它加以维护，让它变成了一座供人悼念的纪念博物馆。

长期的观察和相处告诉贝里，艾迪丝既是生活中的弱者，也是生命中的强者。作为弱者，艾迪丝不需要同情和怜悯，她祈愿关怀和保护，她寻求尊重和支持，更渴望理解与信任。事实上，她更是自强不息的生命的强者。在她身上体现着一种难能可贵的品质，那就是执拗和执着，其内在的精神在于坚持和坚守：既坚持着对往昔的承诺，更坚守着对未来的希望。

47

心的感知

雅各布在一家金融机构任职，他的两个孩子已经长大成人。这家金融机构位于纽约华尔街。他是一个工作狂，虽然秘书早在半小时前就下班了，但是这位高级主管仍然还在办公室里。就在他收拾好文件准备离去时，电话响了。打来电话的正是他的秘书卢丝。她请求主管立即把自己办公桌上的一个重要信封送到盲人协会。这个协会离他们的办公处所并不很远，只隔着三条街。雅各布爽快地答应了她的要求。

他刚刚到盲人协会，一位负责人连忙跑过来迎接，并对他说："您总算来了。我们的活动马上开始。"

负责人指着一间宽大的厅室，领着他走了进去。接着，负责人又把他带到一排座椅前，让他在中间的位置坐好，同时这位负责人也在旁边坐了下来。这时雅各布才看清楚，他的对面摆放着另一排座椅，上面坐着的男男女女全是盲人。

奇怪的是他这排座椅上坐着的人刚好相反，个个目光炯炯。两排座椅上的人面对着面，一伸手就可以触及对方。

就在他打算向身旁的负责人了解情况时，站在他们身前的一个年龄不到三十的年轻人讲话了：

“我叫米奇，是今天这项活动的主持人。欢迎大家的光临，请你们注意听好指令，一定要按我提出的要求去做。

首先，我要求坐在这一侧的盲人先生和女士先听指令，我给你们每个人三分钟的时间。在这段时间里，你们可以触摸和感知坐在对面的先生或女士。但是，你们必须记清楚对方的大致轮廓。比如，他的头发样式，面部骨架大小，他的呼吸节奏，等等。

等我的命令下达以后，请坐在对面的先生或女士给予必要的配合。他们会触摸您的头部、额头、鼻子、下巴等地方，望你们不要介意。盲人朋友务必请你们先记住，对方的头发是粗是细，是直是弯，同时想象它们会是什么颜色。在把手指放在对方的额头上时，你们可以弹一下它的软硬度，同时感知头骨的状况。你们也可以用两只手去摸对方的眉毛、眼睛、鼻子、嘴唇、下巴直至脖子。你们要注意听对方的呼吸，感知是舒缓还是急促。你们也可以触摸对方的脉搏，判断他或她的心跳速度，都听明白了吗？要是没有问题，现在就可以开始进行了。”

听完这番出人意料的介绍，雅各布仿佛掉进了冰窖里，一下子全身发凉、目瞪口呆。他完全没有思想准备，恨不得站起身来立即离去。他无法想象在没有得到允许的情况下，一个陌生人——哪怕他是个盲人，可以随意地触摸自己。这太让人尴尬了。他环顾四周，没有发现任何动静，只好硬着头皮待在那里。

现在，雅各布感到一双粗糙的大手慢慢地伸了过来。他先是屏住了呼吸，接着就喘起气来。他的心脏狂跳不已，没有办法平静下来。可是在他身旁，其他人都没有异样反应，雅各布也就一点点放松，终于恢复了常态。无论如何，他不能让面前的盲人朋友感到自己的失态。于是，他尽力配合着对方的每一个动作，直至活动结束。

“很好。”主持人脸上露出满意的微笑。接着，他又转过身来对雅各布这一排座椅上的人发出指令：“现在该你们闭起眼睛了。请你们试着触摸并猜想对方的样子，你们的头脑里应该只想着与朋友有关的一切。比如，对方究竟是什么人，长得怎么样？他或她在想什么？有什么愿望？你们可以从摸头开始，首先触碰头发……”

不等主持人把话讲完，也不考虑自己会有什么想法，雅各布便闭起眼睛，伸出手去，试着触摸对方的头发。他的头发又粗又硬，至于头发的颜色，雅各布早就忘了个一干二净。

过去雅各布从来没有想过花费时间和精力去仔细打量别人，他从不观察自己打交道的对象，注意他们长什么样子。

这一点也不奇怪，因为他接触的人经常更换，陌生面孔对他来说司空见惯，习以为常，他并不觉得这些人彼此间会有多少不同。雅各布只是认为自己的工作岗位十分重要，需要他经手处理的事情必须置于首位，至于与这些事情有关的个人在他看来实在无关紧要。他无法想象为什么要去摸这些人的头发，听他们的呼吸，量他们的脉搏。

尽管如此，雅各布还是决定像现在身旁的人一样，听从主持人的指令，继续去摸坐在对面的那位先生的眉毛、鼻子、面颊和下巴。突然间，雅各布觉得自己的眼泪快要夺眶而出，因为在他的心头涌出了从未有过的一种柔情。与此同时，他也在瞬间感知了存在于自己身上的某种人性上的弱点，那就是对他人的冷漠，对此他过去竟然浑然不觉。一种恐慌的心理油然而生，他甚至又一次想到溜之大吉。

主持人提到了要去揣度坐在对面的那个人的所思所想，为什么要花费这样的心思？他觉得这对自己毫无意义，因为他甚至不知道家里的两个孩子平时都想些什么。当然，他们有时也会和父亲谈论汽车、体育活动和女朋友。但是，父子之间的交流和沟通实在少得可怜。他不认为孩子们爱着自己，更不认为自己了解他们。其实即使夫妻之间，他们也是各人忙着各人的事，很少有时间去过问对方。这一切显然并不正常，可是雅各布却熟视无睹，这实在太荒谬也太可怕了。

就在雅各布汗流浃背、茫然若失时，主持人宣布三分钟已经结束。于是他迅即把手收回，挺直身躯重新坐好。

接着，主持人米奇又下达了新的指令："现在进入活动的最后一轮。你们同样用三分钟时间，相互交流一下彼此的切身感受。请把真实感觉告诉对方，不要有任何顾虑和隐瞒。同时，也请你们不要忘记诉说，自己从朋友那里学到了什么。好吧，就从盲人一方先开始。"

与雅各布搭档的盲人叫欧姆，这个华裔青年在谈及自己的感受之前先向对方表示感谢。他说在活动开始之前，他曾认为自己会被抛弃，成为一个局外人。但是雅各布的及时出现使他喜出望外。他知道对方在最后一分钟出场，一定需要很大的勇气，定会克服触摸对方的恐惧。他对雅各布说："您让我非常感动。因为您是在带着一定压力的情况下来参加这次测试活动的。您备感孤寂，但同时胸襟宽阔。您渴望在生活中有更多的爱，而却不知道怎样才能满足这种需求。我特别欣赏的一点是，您决心在自己身上发现缺口，找到答案。我知道您来这里并不心甘情愿，您想过转身离开，但却战胜自己，选择留了下来。

我想告诉您，我第一次参加这种活动时也有过同样的经历和感受，可是现在我不再害怕感知自我，因为我知道了自己是谁。我会和常人一样，有时会哭泣、惶惑、恐惧甚至逃避，有时也会把自己禁锢在工作中，拒绝向他人敞开心扉。这些都是人之常情，属于人的本能。我开始接受并且欣赏这种与生俱来的自然情感。您或许需要用更多的时间来到这里，它会帮助您更好地发现真实的自我。”

雅各布注视着面前这位双目失明、其貌不扬的华裔青年，他的心灵感悟是那样真切、那样丰富，像甘露一样滋润了雅各布的心田，像阳光一样照亮了他的前方。面对此情此景，雅各布无言以对，泣不成声。他从未听过“盲人协会”这样的机构，从未到过类似的地方，更没有接触过像欧姆一样具有如此智慧、充满无私和爱心的陌生人。时至今日，他尚能清楚记得对方说过自己的唯一的一句话只是：“您长着棕色的头发，明亮的眼睛。”

雅各布不知道对方为什么心知肚明，说得丝毫不差。他只是觉得如果说这个世界上有谁的眼睛让自己永远不能忘记，那一定是这个欧姆。他甚至觉得自己才是一个盲人，而对方却有能力洞悉一切。

难忘的会晤结束了。雅各布这时才想起被遗忘在座位上的信封，面带歉意地把它交给了这次活动的主持人。

米奇平静地接过信封，微笑着对他说：“这是我生平第一次接受这样的任务，没有任何经验可谈。我焦急地等待着这个信封，因为它里面装着这次活动程序的相关资料。由于未能及时地得到它，我只能见机行事，临场发挥。幸好活动结束得还算完满，没有出什么差错。只是我不了解您并不是通常的与会者，给您带来了不必要的负担，我真心地向您道歉。”

主持人的坦诚使雅各布感到无地自容。他没有把这次偶然的过失告诉秘书，更没有对任何人提起，后来他还每周两个晚上前来参与这类活动。他不知道怎样解释个人的所作所为，只是觉得自己渐渐开始关爱他人，对于华尔街职场上的冷漠与争斗，他反而越来越不习惯了。

雅各布知道他还要做出许多努力，好让孩子有朝一日更能亲近父亲。第一次产生这种自省的想法，他甚至觉得有些不可思议。孩子生来本该尊敬父母，这似乎是天经地义的事情。然而事实上，这种尊重应该是相互的、平等的。就是说，父母和子女都要学会了解对方，关爱对方。父母不应盛气凌人，子女不应任性放纵。痛定思痛，雅各布认为，就当下而言，他要做的首先还是尽力认识自己，战胜自我，这才是正确处理小我与大我关系的前提和关键。

48

浮冰噩梦

塞波是一位出租车司机，现年 63 岁。他和妻子苏瓦尔住在加拿大北部芬兰湾西南角的一个小城里。除了城里有幢舒适的现代化住宅外，他们在城外靠海的地方还有一处度假小木屋。

帕沃是塞波相识多年的好友，以前也是出租车司机。在一起工作的 35 年中，他们经常组织当地的各种公益慈善活动，是人所共知的社会活动家。两家人在周末和节假日更是经常结伴外出，成为亲密无间的朋友，而去芬兰湾垂钓和捕鱼则是他们的最爱。

这一天帕沃夫妇邀请塞波夫妇和另一位好友拉尔斯夫妇，再次前往芬兰湾冰下捕鱼。塞波想趁着空闲，在当地一年一度的营地活动开始前，收拾度假小木屋，把排水管道检修好，不想与他们同行。依据惯例，1 月至 3 月，他们每周至少一次去海滨捕鱼，塞波的拒绝显然引起了太太的不快。

“你同他们一块去吧，别管我。”他又一次劝说苏瓦尔，但是并没有成功，因为他心里明白，此时已是3月下旬，坚冰即将融化，这是今年最后一次冰下捕鱼的机会，他怎么能给朋友和妻子泼冷水呢？就这样，整修海边度假屋的计划就被搁浅了。

看到塞波开始准备捕鱼器材和大家一起出发，朋友们笑逐颜开。一路上，三辆轿车鱼贯而行。冉冉升起的太阳为乡间景致染上一层耀眼的金色，室外气温上升至零上五度，真是出行的理想天气。公路两旁是茂密的树林，间或有一些色彩各异的农舍矗立其间，更令人心旷神怡。再往前走就是布满岩石的沙岸了。6个人兴致勃勃的下了车，把各自的装备放在三辆轻便雪橇上，便朝浮冰覆盖的大海进发了。塞波无意间看到沙滩边有几根粗树干，那是人们用来支撑渔网的长木杆，不过这个季节它们派不上用场，只能静静地躺在那里。

使他们格外惊奇的是，海滩上竟然空无一人。不过他们没有理由感到担心，因为大家都是捕鱼高手。拉尔斯夸口自己以前在这里捕获过一条上十公斤重的鲈鲉鱼，塞波不久前也在离城不远的小海湾大有斩获。于是，他们一个个换好防滑的带钉长靴，多穿上一两件保暖防寒的衣服，背起背包便踏上了岸边的冰块。

65岁的拉尔斯和他的太太皮尔若走在最前面，帕沃和太太里特娃年届七旬，动作相对迟缓，则走在队伍的最后，登上冰块以后，拉尔斯兴奋地用手指了指五百米以外的一处小岛，那是他们前行的目标。

“需要走那么远吗?”感到有些吃力的里特娃问了一句。她看了看她脚下的冰面，它已经不是通常的乳白色，而是有些微微泛着灰蓝色了。走到离岸一百米远的冰面时，看到四周没有渔民或游客，里特娃有些不安，便又询问走在前方的拉尔斯：“你看要不要检查浮冰的厚度?”

拉尔斯点头表示同意。于是他背向大海，开始用手摇砧检测冰块的厚度。突然间，只听见一声清脆的爆裂声从他的脚下传来，拉尔斯顿时连人带工具跌进了海水里。按理这个时节浮冰的厚度不会少于30公分，可是连日艳阳高照，特别是洋流的剧烈冲刷，使坚冰一下子融化了一多半，这个险情是他们完全没有料到的。

矮胖、秃顶的拉尔斯平时爱和大家开玩笑，看到他这个样子，帕沃并不以为意，咯咯地笑着对他说：“别闹了，快爬上来!”显然，他对脚下冰块的异常情况并没有丝毫察觉。不过，就在他刚刚探下身来想看清究竟时，他站在上面的那块浮冰突然也塌陷了。待在他旁边的拉尔斯的太太皮尔若，和帕沃一起掉进了冰水里。

不幸落水的帕沃和皮尔若紧紧抓着冰洞周围冰块的边沿。本来，凭借随身携带的冰镐，他们完全有可能爬上冰面。可是出于疏忽大意，他们竟把救生工具放在了背包里，而没有按照要求挂在脖子上。他们无计可施，只能用双肘撑在冰面上，两只脚仍然泡在水里，等待着友人施救。

帕沃的太太里特娃见此情景，便把一个小雪橇向洞口方向推去，同时把一根软绳甩给帕沃和皮尔若，绳子的另一端则系在她的腰上。然而，已经筋疲力尽的两名落水者根本没有力气去抓小雪橇，而70高龄的里特娃自然也不可能把他们拽上来。此刻头脑十分冷静的帕沃，竭力用一条腿支撑着皮尔若，不让她坠入海中。

两分钟过去了，这时海水的温度刚刚接近零度。在这种温度下，人想保持意识清醒，时间最多不超过一刻钟。对上了年纪的人来说，情况或许更糟。总之，溺水者命悬一线，他们正在死亡线上挣扎。

与此同时，塞波和妻子苏瓦尔也在冰面上小心翼翼地向前探索，塞波不时地用警觉的目光寻觅自己的朋友。他看到了里特娃，那她丈夫帕沃又在哪里？还有拉尔斯呢？后来，他发现了巨大的冰洞，甚至勉强看见了两个人的脑袋和双手，塞波知道他们肯定是落水了。一瞬间，他的大脑一片空白，接着他掉转脚跟，发疯地拔腿朝沙岸奔去。

“你到哪儿去？”慌了神的苏瓦尔急问丈夫。不过，塞波这时的确已经有了主意。他在捡起一根遗留在沙岸边的长木杆以后，又转身奔向处于险难之中的朋友。这时，苏瓦尔也不顾个人安危，一步步奋力前行，渐渐靠近了冰洞，并且把手中的带柄摇钻递向水中的难友。但是，帕沃和皮尔若离她仍有一段距离，掉在前方冰洞里的拉尔斯此刻一言不发，他能听见海湾附近水产品加工厂机器的轰鸣声。他知道无论怎样喊叫，别人也不会听到自己的呼救声。

重新回到浮冰之上的塞波，这时手执长木杆已经到达了危险区。慌乱的里特娃告诉他，落在水中的皮尔若命在旦夕，因为她患有较为严重的心脏病，此刻嘴唇已经冻得发紫了。落水已经超过四分钟的拉尔斯，看到心爱的伴侣面无血色，心中不胜惶恐。他早已把个人生死置之度外，只盼着老伴化险为夷。于是，他使出全身力气朝塞波拼命叫喊："赶快先救皮尔若！"

塞波向他点了点头，同时尽力安慰他："你别担心，我会尽力。你千万不要乱动！"身材高大魁梧的塞波临危不惧，他的机智和勇敢令人肃然起敬。话音刚落，他已把长木杆递了过去，皮尔若抓住了它。不过她过于虚弱，长木杆又从她的手中滑落了。

塞波见此情景急中生智，他重新拾起长木杆，这一次把它垂直地插进水中。他调整好姿势，用双脚夹紧长木杆，再用腾出的手一把抓住皮尔若的衣领，用力一拽，一下子就把她拖回冰面上，皮尔若终于平安获救了。

塞波又把注意力放在长木杆上。不过，现在它不再直立于海水中而是横在冰洞之上，它的两端是冰面两侧，就像临时搭在冰洞上面的一个木桥。塞波下一个救助对象是仍然留在这个冰洞里面的好友帕沃。这时，他对冰洞另一侧的妻子苏瓦尔发出一个短促而明确的信号，要她把手柄摇钻插进冰层，然后再迅速离开。苏瓦尔准确无误地做到了这一点，手钻不多不少钻进了 25 公分，这个厚度刚好适合塞波把长木杆固定住，使它不会发生位移，从而为塞波施救提供了可靠保证。

时间在一分一秒地飞速流逝。75 岁的帕沃在冰冷的海水中快要坚持不住了，他感觉得到自己抓住冰层断面的双手开始冻僵。冰洞现在已有五米多宽，缺口还在一点点扩大。帕沃心想，这里可能就是自己的葬身之地。就在这时，他突然看到挚友塞波的高大身影。只见他屏住气息，奋力抓住落水者伸过来的一只手，一下子把他拖到冰面上，帕沃的妻子里特娃兴奋不已，在她的引导下，夫妻俩亦步亦趋，双双平安地返回了沙岸。

现在尚在冰冷的海水里的只剩下拉尔斯一个人了。他艰难地在另一个冰洞里坚持了近十分钟，已经精疲力竭，不再抱有生还的希望。他的体重有九十公斤，要把这样的大块头救出来谈何容易。此刻他的脑袋仍浮在水面之上，不过随时都有沉没阴森大海的可能。

在惴惴不安的同伴们的注视下，始终保持着头脑冷静的塞波深思了片刻，终于想出了一个绝妙的主意。他抽回刚才还横搭在冰洞上面的长木杆，又松开苏瓦尔钻进冰层里的手摇钻，有了这两件施救工具后，他迅速地在距离拉尔斯很近的地方，重新钻开了一个冰洞。然后他把手摇钻固定在冰层上，只不过这一次不是用它卡住长木杆，而是固定好自己的一条腿，以稳住身体不会移动。随后，他用双手抓紧长木杆的一端，把另一端递给了拉尔斯。在看到朋友也抓住长木杆后，塞波拼尽全身力气，一鼓作气不失时机地把拉尔斯从海水里拖了出来。

返回沙岸之后，拉尔斯热泪纵横。他忘情地拥抱塞波，嘴里不住地说："我会请求政府给你颁发奖章！"塞波根本没有在意朋友在说什么，只是一再嘱咐他："快把湿衣脱下，换好干净衣服！"拉尔斯夫妇的背包全部掉在水里了，苏瓦尔和里特娃分别为他俩提供了部分暖装，难题就这样解决了。

平安脱险以后，相当长一段时间大家沉默无语。只是在返城途中，他们回想起往事，众人仍心有余悸。当晚，帕沃打电话给塞波："谢谢你救了我，给了我新的生命。"拉尔斯彻夜难眠。回首往事，他觉得自己是罪魁祸首。至于皮尔若和里特娃，两个人则是做了一夜噩梦。发生这次灾难之后，除了塞波和帕沃不止一次地重返旧地外，其他人再也没有去过那里。

提起这次冰上救人的壮举，塞波不止一次地回想，当时若是一念之差，放弃了救助行动，那该会是怎样的后果？不止一个人会葬身海底，而他的良心也将永世不得安宁。面对着交口赞誉，塞波始终不承认个人是生命的强者。恰恰相反，他认为自己只是个弱者，并且说一旦遇到不测，灾祸临身，他也会惊慌失措，无所适从。幸好这一次险情发生在其他人身上，他才会舍己忘我，奋不顾身。为了表彰他的大智大勇和英雄主义，当地政府为他颁发了奖章。他在致答辞时诙谐地说："一不小心，我生平第一次成了引人注目的人物。我希望这样的事不要发生第二次！"

49

九小时生死大营救

约翰·阿尔德里奇现年52岁，从事海上作业已有25年，是名经验丰富的老渔民。自孩提时代起，安托尼·索辛斯基就是他的挚友。他们在美国东北部的蒙托克城，合伙经营着一家产销一条龙的海产品公司。在邻近纽约与波士顿的北大西洋深海海域，他们拥有一处大型龙虾养殖场，投放有八百只宽体养殖网箱。此外，他们还购置了一艘命名为"安娜·玛丽号"的海产品运输船。

事故发生在2014年7月24日，当时"安娜·玛丽号"行驶在距离纽约长岛60公里的海面上。虽然是凌晨时分，约翰仍在运输船上忙碌着。这一夜风平浪静，海上作业相对安全。约翰的工作是给船上装运龙虾的水槽灌注活水，以确保甲壳动物在槽里有充足的新鲜空气，在运往纽约或波士顿时不会窒息死亡。这些龙虾是他和安托尼前一天捕捞回来的，他们的海上养殖场离这里不过几公里。转运槽位于船体的甲板下方，上面装有活动开关。甲板上摆放着两个共重九十吨的大冰柜。它们是七个小时前，从蒙托克用起重机吊上船的。要想人力挪动它，只有将大铁钩挂在它的把手上才能拖行。

就在约翰挪拉冰柜时，事故不幸发生了。或许是冰柜上的把手本来就有些松动，或许是约翰在拖拉时用力过猛，突然间把手掉了下来。约翰猝不及防，一下子站立不稳，重重地摔倒在船尾甲板上。由于甲板坡道有一定倾斜度，表面又比较湿滑，随着噗通一声轰响，约翰便掉进了冰冷、阴暗的大海里。他吞下一口苦涩的海水，随后又奋力浮了上来。他拼命呼喊着安托尼的名字，想把朋友从睡梦中唤醒。可是柴油发动机噪音太大，安托尼不可能听到他的呼救。

就在这时，在自动导航设备的指引下，“安娜·玛丽号”已经渐渐离他远去。多年的海上作业经验告诉约翰，当一个水手骤然溺水时，他要做的第一件事，就是迅速脱去脚上的靴子，否则它们就会变成两块铅铊拖人下坠。这时，仰卧漂浮的约翰突然意识到，脚上的靴子非但不会成为负担，反有可能变成救命稻草，他正好用它们来帮助自己保持身体平衡。于是，他立即脱下第一只靴子，让鞋面朝上，再把它浸入水中，使它灌进气泡。然后让它始终反面朝外，用左腋把它紧紧夹住。接着，约翰对第二只鞋如法炮制。这样一来，两只靴子也就变成了两个支撑着他的浮筒。虽然危险还在时刻威胁着落水者，但是多亏这两只靴子，约翰还是获得了宝贵的缓冲期。此刻是凌晨三时半，两小时之后，当黎明从海上升起时，他就有机会等待救援了。

早晨6时左右，被“安娜·玛丽号”临时雇佣的船工马克·米格利最先注意到约翰不在船上，便立即叫醒安托尼。这位约翰多年的合伙人想起，他是在头天晚上9时就寝的。当时，他曾要约翰在两个半小时后叫醒他起来换班。现在已是次日清晨，货运船经过一夜漂移，离他们捕捞龙虾的养殖场也有24公里远了。

在掉转船头驶回出事地点的同时，安东尼没有忘记打开无线电向附近海岸的警卫队紧急求援。驻防在这一地区的海警队，负责监管从纽约长岛到新哈文地区的这片海域。早晨6点22分，海警队领班肖恩·大卫接到求援信号后，立即通过呼叫器，让安托尼提供尽可能准确和详尽的信息。随后，肖恩向全面负责该地区救助任务的指挥中心发去报告。6点28分，该指挥中心负责人皮特·温特尔通过无线电波，紧急联络新哈文地区的监管员以及波士顿地区的总管。后者告知他已同附近驻防的空军基地进行协调，将会派遣一架飞机和另一架直升飞机赶往出事海域。6时30分，肖恩发出明确无误的海难信号，要求该海域内的船只为随时出动搜索及救助做好准备。

对于约翰的真实情况人们知之甚少。搜寻者们不知道他落水的具体时间，也不了解他遇难的确切地点。因此，最初的搜索地区涵盖了长 48 公里，宽 97 公里的广阔地带，完成救援任务的困难程度可想而知。

在新哈文地区，最早的地标设置建立在安托尼提供的线索上。既然约翰叫醒他的时间应在当晚 11 点半，人们假设他溺水可能发生在9 点半至11 点之间。据此推测，海难发生的地点则被大体确定在长岛以南 8 至 33 公里之间的海域。海事救助指挥中心的负责人皮特根据计算的参数进一步确定，事发地域大约是在距离海岸以南 24 公里的地方。

随后，指挥中心不断扩展搜索环路，为参加营救的船只与飞机指明方位。上午 7 点 55 分，新哈文的监管人员又把上述坐标发给已在现场的多条渔船以及一架飞机、一架直升机的驾驶人员。后来加入搜索行列的还有蒙托克海警队的一艘快艇，艇上载有一名潜水员和一名机械师。除开没有找对出事地点外，各项应急准备可以说是十分完善了。事实上约翰的落水时间是在凌晨三时半，而事发地点则在直升飞机搜索的方格区以南 50 公里远的海域。

时间就是生命，约翰的命运牵动着每个人的心。两个小时过去了，人们仍然一无所获。但是，救援大军并没有因此感到失望。救险争分夺秒，人人全力以赴。大家都知道排险救人任务的紧迫和沉重，也都关切着约翰的下落与现状，希望他能安然无恙，平安脱险。

与当事人关系最为密切的安托尼比任何人都更为不安，在与救援指挥中心进行最初的接触以后，他又对细节进行了反复的揣摩与回忆，与此同时，他也对船只进行了更加仔细的检查。水泵仍在有条不紊地工作，源源不断地把活水吸入船体内部的水槽里，安托尼找出了当地的航海图，试图推算出约翰落水前后船只所在的位置。检查发现当时船体入水的等高线刻度为50英寻(注：1英寻约为1.65米)，这就说明当时海洋的深度约为八十米。换而言之，当时的“安娜·玛丽号”应在距离海岸以北20余公里的地方。随后，安托尼又发现了被扯下的冰柜把手。这样，他就更加明白事发时的真实状况了。

安托尼不失时机地向救援指挥中心报告了自己的新发现和新推测。8点30分，指挥中心负责人皮特把这些重要信息发给了中心数据处理专家雅森，后者立刻将有关信息输入电脑，并据此提出了新的搜索路线图。

在蒙托克城，约翰遇险的消息在与水产业相关的单位和渔民中迅速传播。21艘渔船的船主纷纷要求参与营救，表示愿意不惜一切代价拯救同业兄弟，海难救助指挥中心忙于调度海上警卫队无暇他顾，便委托安托尼和每条船只进行联络，保持联系，以便他们通力合作，协同作战。

夏天北大西洋海域的日出来得很早，5点半时天便完全放亮了。在大海中独自搏斗了两个小时的约翰并没有放弃自救的努力，他确立的下一个目标是找到海面上的浮标筒，因为这种体积较大、颜色鲜艳的目标不仅容易被海上或空中的搜寻者发现，而且利用浮标筒，他能更好地保持身体平衡，减轻体力的消耗。

过去的两个小时，约翰一直随波逐流。此刻，在把注视力完全放在寻找新目标上时，他终于有了可喜的收获。在他的左前方，他看到了一只被缆绳拴着的浮标筒，缆绳的另一端则是沉入海底的饲养龙虾的巨大网箱。在成功地调整好身体角度后，约翰使出全力向浮标筒游去。刚过正午时分，他终于抓到了缆绳，并把它牢牢地拴在手腕上，此时离他落水的时间已过去9个小时。在冰冷的海水中，他冻得直打哆嗦，身上也布满龙虾或其他浮游生物，不过几近麻木的约翰对它们已全无感觉了。

突然间，约翰听到了远处传来的一阵阵轰隆声，紧接着便发现了一架贴近海面搜索的飞机。一点不错，飞行员显然大致掌握了他落水的海域位置。怎样才能让他清楚地看到自己呢？

在确定飞机搜索的方位后，约翰立即调整好往东漂游的方向，很快地到达第三个浮标筒。接着，他又从口袋里摸出小刀，割断缠在手腕上的绳索，并且把它与新浮标筒上的缆绳系在一起。这样一来，两个浮标筒便基本上靠拢在一起。约翰吃力地爬上这个神奇的救生筏，不过仍然没有忘记把两只靴子夹在腋下，以便更好地保持平衡。

救援指挥中心始终不遗余力地在空中和海面调兵遣将，从凌晨直至午后，飞行员们已经相继飞行7个小时。过往的救助经历告诉人们，像这样兴师动众地持续搜寻，成功的记录寥寥无几，落入茫茫大海的遇难者几乎无一生还。然而，人们并没有放弃努力，他们期待着奇迹发生。

指挥中心第三次发出了搜索指令，依据海警队监管肖恩提供的新坐标，下午2点46分，直升机又一次升空，驶向已然搜索过的那片问题海域。15分钟后，驾驶员雷伊兴奋不已地对指挥中心大声呼叫："马克，马克！我看见目标，我找到他了！"

一点不错，躺卧在勉强连接在一起的浮标筒上的那个人，就是人们寻觅已久的溺水者约翰！此时，他正不停地挥舞着两只靴子向飞机示意，向驾驶员拼命地呼喊。

听到约翰成功获救的消息，指挥中心与海上警卫队的指战员们额手称庆，渔船上的作业人员齐声唤呼，蒙托克城的居民奔走相告。是啊，9个小时的海上大营救，几十艘船只，多批次飞机共同进行的海空大营救，陆地上、海洋里、天空中数十人乃至上百人全力以赴的生死大营救，获得了前所未有的成功。毫无疑义，这是一曲团结战斗、众志成城的集体主义、英雄主义的凯歌。

事后，当人们问起约翰的感受时，他心情平静地说，大海是他的亲人。面对大海，他永远不会害怕。他还说，如果不幸降临在其他人身上，他也会奋不顾身地投入救援。因为每个人都是社会大家庭的一员，如果人间充满真爱，这个世界该会多么美好！

50

改变航线

那年8月，罗克携带着幼女苏珊，从芝加哥直飞加利福尼亚州的奥克兰。不过，当飞机抵达目的地奥克兰时，罗克和苏珊却已经不在这趟航班上了。

夏天是欧美国家人们喜爱的度假时日，罗克此行的目的是探望住在贝克利的父母。他的太太和长女乘火车自北向南穿越美国，三天前就已经出发了。按照计划，他们本应在罗克抵达的当晚顺利会合，不过，这种安排并没有实现。

苏珊那时只有一岁零两个月，依据规定还没有到买票的年龄，罗克便把她抱在怀里。出发时，苏珊有点小感冒，父亲认为情况不严重，并没有把它当回事，这次飞行对她来说应该是个考验。

飞机离开芝加哥后不久，小女儿就已经睡着了，这使罗克如释重负。他拿起汤姆·克朗西的一部畅销小说，又要了两罐啤酒，准备最大限度地利用这段难得的平静时光。

罗克的邻座是一位经销商，望着他怀中熟睡的孩子，他不禁好奇地问了几句：“她几岁？没有什么事吧？孩子会说话吗？”

罗克告诉他孩子还小，刚满周岁。她现在只会做拍手动作，才开始学说话，目前只会说“大大”(指“爸爸”)。

经销商对自己邻座说，世界各国的大多数孩子说话都是从“大大”开始，这并不表示做父亲享有特权，值得骄傲。

飞行一个小时以后，苏珊有了反应，开始动弹。罗克看不到她的面孔，因为她坐在他的膝头，小脸对着他的怀里。不过，年轻的爸爸感觉她正在发热，身体又湿又软，就像一条浴巾一样。

罗克预感到情况有些不妙，便站起身来，一边抱着她在舱内过道上踱步，一边低声地哄着孩子。走着、哄着，他发现孩子开始抽搐起来，虽然有些惊恐，但他毕竟不知道发生了什么意外，正式的诊断结论自然是后来才知道的。不过，当时罗克明显看到，随着抽搐的持续发作，她的脸部已经有些扭曲，而且她的身体也在他怀里不断颤抖。

至少可以肯定的一点是，罗克开始乱了方寸。这时，罗克在芝加哥候机厅临时认识的一位乘客，最先发现了这位新朋友的烦恼和不安。

“您需要我通知空姐吗？”

“谢谢!”罗克话音刚落，那位乘客就按了头顶上的呼叫信号。这时，另一位坐在罗克前两排的中年女士也警觉地回过身来，清楚地看到了年轻爸爸的恐慌表情。她立即站起身，关切地用略带南方的口音问道：“这孩子究竟怎么了?”

“不太清楚。我觉得她在抽搐。”

“我在婴幼儿急救中心工作。我能帮您什么忙吗?”

说完，这位名叫佩吉的女护士便一把抱起苏珊，急匆匆地朝头等舱方向赶去。显然，那里的空间要更大一些，她刚把幼儿在座位上放好，小家伙的抽搐再一次发作了。

幸好头等舱还有两位特殊乘客，一位骨外科医生和一位退休的心脏科医生。他们提供了参考意见，并且一致表示由佩吉全权处理最为适宜。在空姐的帮助下，佩吉脱去了病儿的衣服，罗克也给女儿戴上了氧气面罩。此刻的苏珊发着高热，神智已不清醒，罗克焦急地看到女儿昏厥了过去。

“千万别出意外。”爸爸喃喃自语道，“我可以承受任何打击，宝贝，但是，你绝不能离开我。”

空乘组长把病儿安排进办公室的狭小空间，同时询问佩吉接下来有什么需要。

佩吉用不容分辩地口气，连珠炮一般地说道：“那好。请告诉驾驶人员尽快在附近最大的城市着陆，同时联系最好的儿科医院。”

空乘组长脸上露出了难色，她原本以为女护士会要一瓶果汁饮料的。在目前这种情况下，她首先需要验证佩吉身份的真实性。女护士告诉她自己的身份证件在手提包里，手提包就在原来的座位上。

看过身份证以后，空乘组长立刻走进了驾驶舱。在征询过机长的意见后，她旋即又返了回来，对女护士说："飞机在丹佛降落，怎么样？"

这样看来，事情就变得刻不容缓了。

机长很快地打开了飞机的扩音系统，告知机上全体乘客，有个病童需要抢救，飞机必须在丹佛临时降落，请大家予以谅解。接着空姐把罗克和女护士请进头等舱就坐。飞机在十几分钟以后就着陆了。从万米高空迫降地面，只用了这么短的时间，罗克真怀疑飞机是不是垂直下降的。

由于机组与丹佛机场早有联系，飞机刚刚停下，救护车就开了过来。两名急救人员迅速登机，并且抱走了苏珊。罗克紧跟在他们身后，走出舱门时，他回过头来向佩吉告别，机上的乘客纷纷祝他好运，同时企盼孩子早日脱险，平安无恙。

此刻的罗克六神无主，心乱如麻。他不知道自己和苏珊要去哪里，更不知道等待他们的是怎样的命运。他只是盲目地跟随急救人员登上救护车，又随着他们在刺耳的鸣笛声中呼啸而去。罗克的随身手提箱和托运的行李都留在了飞机上，当然，婴儿的一切用品，还有那本没有读完的汤姆·克朗西的畅销书《恐惧之总汇》，自然全躺在他原来的座位上了。

抵达儿童中心医院后，苏珊被送进了急救室。此时当地的时间是下午3点，离孩子第一次抽搐也有一个小时了。苏珊睁开了眼睛，但浑身仍然发烫。急救医生神情十分专注，同时保持着平和的心态。他不断地询问罗克家庭的病史和患儿的过往病状，例如是否有过食物或药物中毒，是否患过脑炎、肺炎，有过几次抽搐和发烧的情况等。医生还为苏珊做了超声波检查，查看了她的眼睛和肠胃。苏珊有气无力地凝望着父亲，目光中不乏顽强的神态。

当护士准备对她抽血化验时，苏珊明显地流露出抵触情绪，以至于罗克不得不和另一名护士一道，一前一后按住她的双手和双腿。苏珊看到明晃晃的针管十分惊恐，她用小手推开打针的护士，同时坐起身来，不停地冲着罗克叫喊："大大，大大……"此时的罗克真是感觉五脏俱焚，痛不欲生。

随后，医护人员把罗克请出急救室，他们在放弃强行抽血后，准备对苏珊进行腰椎穿刺。显然他们的这次尝试又落空了。事后，护士们告诉罗克，孩子拼命反抗，身体扭来扭去，他们根本没有扎针的可能。

就在这时，一名配挂着"史密斯"胸牌的儿科医生来到了罗克面前，并且与他在急救室的长廊里攀谈起来。

史密斯告诉他，苏珊生命力是那样强大，又那样具有反抗力，那么，这种孩子应该不会轻易被病魔征服。医生进一步推断，苏珊或许患的是突发性高热，患者的体温可能急骤上升到41度，然后刺激大脑神经。从理论上讲，这就是发生抽搐的直接诱因，而苏珊刚刚患过感冒，这正是她体内的热源。这样一分析，孩子的病状也就得到了合理的解释。史密斯大夫又补充说，突发性高热症通常只出现在幼童身上，而且其概率也只占发烧孩子的百分之二左右。但是，直到现在，医学界对这种儿童疾病仍缺少研究，因此，很难保证以后不会出现后遗症或后续疾患。各种情况都有可能，一切又皆因人而异。

出于安全考虑，医生建议还是对苏珊进行静脉注射。此刻已是夜晚9时。或许苏珊已经数次见过针管，或许她的身体过于疲惫，现在，她对打针的恐惧情绪大为降低。不过，为了保险起见，护士们还是在她的左臂下面绑好一块板子，使她的手臂不至于弯曲，结果抽血一气呵成，大家都松了一口气。

驶往奥克兰的美国联合航空公司的航班早就着陆了。佩吉后来告诉罗克，丹佛儿童中心医院已给机长发来电子信函。当机长通过扩音装置把孩子脱险消息告诉全体乘客时，机舱内响起了一阵经久不息的掌声。

在安置父女的哺乳室里有把摇椅，罗克抱着苏珊在上面舒服地躺了好几个小时。父亲的书和孩子的玩具都留在飞机上了。为了打发时间和让苏珊开心，罗克轻轻地唱起了歌。

他的歌五花八门，有儿歌、情歌、爱国歌曲和宗教圣歌。时至今日，罗克还清楚地记得自己当时唱过一曲歌剧选段，那是吉米尼·克里科的《当你希望变成一颗星》。歌词中有两句是："不知自何方闪现一缕光亮，命运又重新降临你的身旁。"唱到这两句时，他已经泪流满腮。

就在这时，罗克突然感到一只小手为他抹去了泪花，他看到醒来的苏珊正在对他微笑。在这个陌生的城市里，年轻的爸爸没有朋友，但是他有幼女陪伴在身边。罗克深知苏珊对他来说意味着一切。他也知道，当一个孩子需要救助时，人们也会为她提供一切，不用说还包括临时征用一架载满乘客的大型客机！

这次旅行，或者说这次突发事故，这次骤然降落，充满了无数发现，而其中最重要的就是，享有为人之父的特权，需要经历一条漫长的发现之旅。

天色已经开始发亮。坐在罗克胸前的苏珊突然想起要做拍手动作，可是绑在她左臂下面的板子还没有拆掉，无法如愿以偿。于是，罗克便伸出自己的左手，与苏珊的右手相击，父女俩同时发出了爽朗的笑声。

罗克明白，新的一天又将开始了。

结语：洒向人间都是爱

问世间爱为何物？它并不意味着结为夫妻，或局限于寻欢作乐。成千上万的人步入婚姻殿堂，成千上万的人享受鱼水之欢。然而，他们中相爱如初到白头的又有几许？始终不离不弃，直至地老天荒的那些人是爱的俘虏，更是爱的主宰。因此，为了维护这种真挚的相亲相爱，你必须作出承诺，不吝参与，做好准备和你亲密无间的另一半共舞终生。

当你能想到你的配偶并不仅仅属于你自己，他或她不过是天下万事万物中的一员时，你才称得上是爱的主宰。

当你自觉意识到你们之间发生的一切都将是微不足道，意识到在涉及你们关系的范畴内你所说的一切，对你所钟爱的人都将是喜悦或忧伤的源泉。意识到你所做的一切都将增强或削弱存在于你们之间的联系时，你才称得上是爱的主宰。

当你明察所有这一切，当你在每天醒来时能想到将和自己的配偶分享新的一天，分享这使你们能相互示爱、彼此珍惜对方存在的每一天，并且充满感恩之情时，你才称得上是爱的主宰。

当你在自己的生命旅程中拥有全心爱着你的真诚伴侣时，你就是世间最富有的人。大千世界把愿与你同舟共济的人作为礼物馈赠给了你，他或她将与你朝夕相处，与你同床共枕，同甘共苦。深爱着你的这个人将会看到你最隐秘的角落，而其他人却不可能发现你的隐私。他或她可以触摸你身体的每一部分，这些地方其他人根本无法触及。无论你藏匿何处，他或她都会找到你的行踪。他或她会在天堂、在世间，敞开温暖的双臂迎接你，庇护你。

爱着你的这个人每时每刻都在为你展现各种奇迹。他或她有权通过会意的微笑，亲切的声音，凭借感人的气息和独特的行为举止打动你。他或她有权让你的孤独感消失殆尽，有权把任何些许小事化为神奇。他或她是你迈进这个人间天堂的引路人。爱着你的人和被你爱的人既是爱的奴隶，更是爱的主人。

爱是人世间最为强大的力量。它的美丽与魅力存在于两人世界的亲密关系中。一些人的罗曼蒂克史贯串始终，另一些人的爱情传奇会戛然而止。他们之所以分道扬镳，不是因为夫妻关系难以为继，就是由于命运使然。无论人们选择怎样的相处方式，一旦情爱进入我们的生活，它就不会在我们身上轻易消失，无法不给我们的心灵打下深刻烙印。

爱是完全不可思议的东西。有时，它表现为能由两人共同分享的理解、信任和包容；有时，它表现为可以名状或难以名状，但这种情怀却能为人深刻感知；有时，它表现为我们需要逾越一道障碍时所显示的勇气，有时是我们与孩子或父母在一起时所体验到的那种愉悦。总之，爱存身的地方乃是亲密关系所指向的内心世界，是我们心甘情愿为之付出一切的驻足场所。

有时，爱能以极为简单的方式表现出来，比如在对自己钟情的对象心领神会的微笑里；有时，它在你的心目中显得无比崇高和神圣，会带领你进入迄今未知的崭新的情感领域；它可能是一见钟情、互为吸引的甜蜜开始，以及一种需要深入窥视对方内心世界时所面对的严峻挑战；抑或是迫不得已分手时产生的情感纠葛和精神折磨，以及在再度找回曾经失去爱人时的不胜感慨与无比惊讶。没有什么东西比爱更为神圣，这是上苍为每个人精心准备的珍贵礼物。它可以洗涤我们的心灵，升华我们的信仰，陶冶我们的情操，充实我们的生活。

愿我们生命中的每一天都能沐浴爱的阳光和雨露！